남자아이가 아니라
아이를 키우고 있습니다

# 남자아이가 아니라
# 아이를 키우고 있습니다

**무례한 세상 속 페미니스트 엄마의
고군분투 육아 일기**

**박한아** 지음

21세기북스

# 핑크와 파랑을 벗어난 아이는
# 훨씬 찬란히 빛난다

"선생님, 배냇저고리는 무슨 색으로 준비할까요? 파란색이 나을까요?"

남아선호사상으로 인한 임신중절술이 성행해 태아의 성감별이 금지되던 시절, 산모와 주치의 간에 눈치작전 또한 아주 치열했단 얘길 들은 적이 있다. 내가, 그리고 내 사촌동생들이 태어나던 즈음의 일이다. 그때까지만 해도 그런 일이 그저 호랑이 담배 피우던 시절의 옛날이야기인 줄로만 알았다. 나보다 몇 개월 먼저 임신한 선배가 초음파를 보던 어느 날, "핑크네요"라는 말을 들었다며 황당해하던 때까지만 해도 말이다.

'여자아이면 여자아이고 남자아이면 남자아이지 핑크는 뭐고 파랑은 또 뭐람? 아직도 그런 시대착오적인 일이 있다니!' 하고 놀라면서도 내심 특수하고 예외적인 사례일 거라고 생각했다. 그런데 바당이를 낳고 마주한 상황은 생각보다 복잡했다. 사람들이 가장 궁금해하는 것은 단연 아이의 성별이었고, 아이는 성별이 알려지는 순간부터 그 무엇보다도 성별 자체로 주목받고 분류되고 재단됐다. 성별이 이토록 한 인간에게 중요한 문제이던가? 다른 모든 것을 삼켜버릴 정도로 압도적인 특성이던가? 아이를 기르면서 자주 궁금했다.

신비롭고 미스터리한 아이의 행동들, 그러나 이유를 알 수 없어 더 궁금한 그 행동들의 원인을 무엇에서건 찾아내고 싶은 마음을 모르는 것은 아니다. 아이의 성장 과정에서 생기는 여러 문제에 이해할 수 있을 법한 이유가 있다는 사실은 양육자에겐 꽤 큰 위안이, 또 도움이 된다. 그럴 때 성별이 아주 근사한 도구가 되는 것처럼 보이기도 한다.


'여자애들은 종일 종알거려.'
'남자애들은 한순간도 가만히 못 있어.'
'여자애라 그런지 매일 인형을 껴안고 다녀.'
'남자애라 역시 공룡에 참 관심이 많아.'
'여자애들은 확실히 수학이나 과학엔 흥미가 없더라.'
'남자애라 그런가? 말이 좀 늦는 것 같아.'


이처럼 성별은 아이를 키우는 데 있어 매우 간편하고 직관적인 지표처럼 보인다. 그런데 정말 그럴까? 그럼 한때 온갖 차종의 이름과 제조사를 외우고 공룡 박람회라면 놓치지 않던 유년기를 보냈던 나는? 공룡엔 관심 없지만 주방놀이는 너무나 좋아하는 바당이는? 인형은커녕 우주 탐험선이 제일 좋다던 바당이의 여자친구는? 크리스마스 선물로 리본이 달린 빨간색 에나멜 구두를 받고 싶어 하는 바당이의 남자친구는? 어쩌다 생겨난 예외들일 뿐인 걸까? 그렇다면 왜 그런 걸까? 그런 질문들이 오랫동안 내 안에 머물렀고 나로 하여금 많은 것을 읽고 또 쓰게 만들었다.

아이를 키우며 나의 일상에 새롭게 등장한 일들 중에서 내가 가장 좋아하는 건 바로 원에서 돌아온 아이의 손을 잡고 오후의 놀이터에 가는 일이다. 그곳에서 아이들은 가장 찬란하게 빛난다. 모래를 끊임없이 파내기도 하고, 나뭇잎과 나뭇가지만으로도 온갖 놀이를 만들어내고, 여기부터 저기까지 수십 번을 달리면서 크게 웃기도 한다. 그때의 아이들을 조금만 눈여겨본다면 금방 알 수 있다. 아이들은 결코 핑크와 파랑이라는 단순한 색상으로 요약될 수 없는 존재라는 걸. 아이들이 스스로를 그런 틀에 가두지 않았으면 좋겠다. 나 또한 아이들이 오롯이 제 자신으로 자랄 수 있도록 최대한 돕고 싶다. 문제는 어느 날엔 이렇게 하면 되겠다 싶다가도 또 어느 날엔 도저히 모르겠다는 거다. 어떻게 해야 하는지 말이다.

얼마 전, 이런 일이 있었다. 남편이 아이를 목욕시키던 날이었는데, 욕실을 나올 때 아이의 몸을 감쌀 큰 수건이 없었는지 남편은 작은 수건 두 개를 가지고 아이에게 망토와 치마처럼 둘러주었다. 그 후로도 세탁해둔 수건이 떨어질 때마다 종종 그렇게 했고, 아이는 그게 아주 마음에 든 모양이었다. 몇 번 치마 좋다고, 예쁘다고, 또 입고 싶다고 해서 "그래, 나중에 또 입자" 하곤 했는데 그날은 좀 더 본격적이었다. 쇼핑몰에서 한 가게에 걸려 있던 핑크색 샤스커트를 본 아이가 저 치마가 입고 싶다고, 사달라고 한 것이다.

물론 아이가 갖고 싶다고 해서 다 사주지는 않는다. 아이에게 며칠 더 생각해보고 그러고도 사고 싶으면 그때 다시 생각해보자고 하는 편이다. 하지만 만약 아이가 치마가 아닌 그저 보편적인 남자아이들의 옷을 사달라고 했어도 과연 나는 똑같이 반응했을까? 아이가 처음으로 사고 싶다고, 제 의사를 분명히 표현한 옷이니 잠깐 들어가서 그 옷이 어떤지 살펴도 보고 진지하게 고민해보지 않았을까. 내가 그날 황급히 아이의 관심을 딴 데로 돌리며 일단 그 자리를 뜬 건 어째서였을까. 성별에 얽매이지 않는 아이의 모든 시도를 응원하는 입장이지만, 그러면서도 또 치마를 입고 나갔을 때 아이가 받을 시선들이 두려웠던 건 아니었을까. 아이가 다시 얘기를 꺼내면 어떻게 하는 게 바람직할지, 요즘엔 그걸 고민 중이다.

한편으로는 또 나의 아이가 남자아이이기 때문에 좀 더 세심하게 신경 쓰려고 하는 부분도 있다. 남자아이니만큼 아이가 건강한 성관념, 성인지 감수성, 상대를 존중하는 일에 대해 어려서부터 바른 인식을 가질 수 있도록 이런저런 노력들을 하고 있다. 하지만 이런 시도들이 그저 바탕이는 '딸 같은 아들'로, 나는 '아들도 딸처럼 곱게 키우는 엄마'로 일축될 때면 이런 일이 얼마나 힘을 발휘할 수 있을지 의문이 들기도 한다. 물론 내가 아이를 키우는 대로 아이가 크는 것도 아니지만 말이다.

무엇보다 아이는 한 명의 개인으로 독립성과 고유성을 지닌 존재이자, 앞으로 무엇이든 그려낼 수 있는 흰 도화지 같은 존재다. 하지만 양육자인 내가 세상을 바라보고 참여하는 방식이 아이에게 때로는 신호등이, 때로는 부표가 되기에 한 걸음씩 더 나아가보고자 한다. 육아 3년 차, 매일 계속되는 육아에 일희일비하며 (여전히) 헤매는 중이지만 비슷한 고민을 하는 여성 양육자들과 나누고 싶은 마음에 어떤 이야기든 가감 없이 담으려 했다.

많은 이들의 도움이 있었기에 쓸 수 있었다. 먼저 이 글들을 발견해주셨던 김다영 편집자님, 내 글에 나보다 더 꼼꼼한 애정을 보여주신 윤지윤 편집자님, 동시대에 함께 아이를 키우고 있다는 것만으로도 든든했던 김동화 팀장님. 모두에게 감사드린다. 글을 쓰는 과정에서 세 분의 여성이 보여준 애정과 열정은 내게 정말로 큰 용기가 됐다. 언제나 내게 가장 많은 영감을 주고 단단한 우정을 보여주는 나의 사랑하는 여자친구들에게도 고맙다. 그리고 우리 집의 두 사람. 어떤 순간에는 내가 나를 믿는 것보다도 더 나를 믿는 사람, 나의 가장 친한 친구이자 최고의 육아 동지이며 무엇보다 여전히 내 사랑의 기원인 남편에게 고맙다. 그리고 나의 작은 사람, 바당아. 엄마가 또 다른 무엇일 수 있게 기다려줘서 고마워. 너는 엄마에게 이런 수많은 이야기를 준 존재라는 걸, 그 자체만으로도 내게 모든 것을 다 해준거나 마찬가지라는 걸 언젠가는 꼭 말해줄게.

이 책에 실린 원고 중 일부는 여성생활미디어 〈핀치thepin.ch〉에 연재했던 글을 다듬은 것이다. 당시 나에게는 나와 같은 여성들의 목소리를 듣고 싶다는 갈증이 있었다. 내가 찾아 헤매던 이야기들을 듣기 위해 내가 택한 방법은 나의 이야기를 쓰는 것이었다. 그렇게 글을 쓰며 나와 같은 마음인 분들이 있다는 걸, 비슷한 고민을 하며 아이를 키우고 있는 분들이 꽤 많다는 걸 알게 됐다. 이 이야기가 그들에게 나와 같은 일을 하는 사람이 저런 시행착오를 거치며 살아가고 있구나, 매일 저런 태도로 삶에 임하고 있구나 정도로 가닿을 수 있다면 기쁠 것이다.

이 사회에서 아이를 키우고 있는 여성들에게, 특히 그 일에 대해 말하고 쓰는 여성들에게 나는 약간의 존경심과 애정을 품고 있다. 우리는 다른 사람들과 마찬가지로 우리의 일을 하고 있고, 이 일은 전혀 사소하지 않다. 나는 여전히 우리가, 여성 양육자들이 더 나은 대접을 받아야 할 필요가 있다고 믿는다. 유아차를 밀고 가는 당신을 보면서 누군가는 그렇게 생각하고 있다는 것을, 당신이 알았으면 좋겠다.

2장
# 아이로 키우고 있습니다

**3장**

# 아이는 한 뼘씩, 엄마는 반 뼘씩 자란다

## 4장
## 아이에게는 더 큰 마을이 필요하다

# 1장

무례한 세상에서
육아를 외치다

# 제 자아는
# 걱정마세요.

"너도 결국 아기 사진으로 바꿨네."

오랜만에 온 연락에 무슨 얘기인가 했더니 카카오톡의 프로필 사진을 두고 하는 소리였다. 그제야 기억이 났다. 며칠 전 바당이가 그 얄따란 손가락으로 내 약지 손가락을 꽉 쥐고 있는 사진을 프로필 사진으로 교체했었다. 뭐라고 답장을 보낼까 한참을 고민하며 이런저런 말을 썼다 지우길 반복한 끝에 결국 아무 말도 하지 않기로 결심하고 대화방을 나왔다. 아이를 낳고 여러 번 들었던 얘기였다. 표현은 조금씩 달랐지만 속뜻은 '너도 아이 낳더니 별수 없구나'란 말들. 그런 말들에 긴 항변을 해본 적도 있었지만, 언젠가부터 그것도 그만두게 됐다. 말을 더할수록 '그런데 대체 내가 왜 이런 얘길 하고 있어야 하지?'라는 생각에 괴로웠기 때문이다.

## 원래 프로필 사진은 최애 아닙니까?

아이를 낳고 키우는 여자가 겪는 일들이란 대체로 비슷해서 친한 엄마들과 모이면 자연스레 그간 쌓인 울분을 토해내곤 한다. 그날의 주제는 주변에서 만들어내는 엄마를 향한 각종 금기였다. 아이를 사랑하되 자신을 잃을 정도로 모든 것을 헌신해서는 안 되며, 그 사랑을 표현하는 데 유난을 떨어서도 안 되고, SNS 계정에 아이 사진밖에 올릴 게 없는 자기 인생 없는 엄마가 되어서도 안 되고, 자기 관리 역시 철저해야 하며 자기를 가꾸는 데도 소홀해서는 안 된다는 새로운 금기들. 완벽하고 개념도 있으면서 쿨하기까지 한 엄마여야 한다는 기준들. 그 기준들이 참을 수 없이 지겹고, 이제는 하다하다 내가 그깟 SNS 프로필 사진으로까지 내가 여전히 '나'라는 것을 증명해야 하냐며 성토대회를 열었다. "맞아요! 제 말이요!" 같은 맞장구에 힘입어 "아니, 그 '나'라는 게 대체 누구냐고요. 그럼 지금 나는 뭔데! 원래 프사는 당연히 최애 사진 아니에요? 지금 내 최애가 내 자식인데 어떡해! 제발 내 자아에 신경 좀 꺼달라고 하고 싶다니까요!"라며 소리를 높였다.

실컷 웃으며 떠들고 나면 떨쳐버릴 수 있을 줄 알았는데 그럴 수 없는 감정이었나 보다. 하긴 애초에 내가 전혀 신경 쓰

지 않는 사람들이 한 말이라면 별로 상관없었을 것이다. 문제
는 내게 그런 말을 한 사람들이 내가 아주 많이 좋아하던 사람
들이며, 여전히 좋아하고 싶은 사람들이라는 사실이었다.

이런 사람들의 말에 큰 상처를 받은 건 사실 내게도 비슷한
두려움이 있었기 때문이다. 나는 임신 내내 그런 다짐을 했었
다. 나를 잃지 않을 것이라고. 아이의 물건은 아이 방에 두고
거실은 여전히 내가 사랑하는 캔들과 화병을 둔 채로 우리 집
의 청회색 무드를 유지할 거라고. 알록달록한 아이 장난감은
안 보이는 곳에 잘 넣어두고 북유럽 모던 스타일로 인테리어
잡지 섭외도 받았던 우리 집을 사수할 거라고 말이다. 아이가
어릴 때는 여행은 나 혼자서, 아니면 남편과 둘이서 떠날 거라
고. 마치 나의 어떤 부분은 영원히 아이에게 영향을 받지 않은
채로 남겨둘 수 있다는 듯이. 아이와 나를 완전히 분리할 수
있고 또 응당 그래야만 한다는 것처럼 생각하고 있었다.


그간 나에겐 없었던 순간들


아이를 낳은 후로도 한동안은 비슷했다. 오랜만에 보는 이
들에게 "너는 어쩜 아기 낳기 전이나 지금이나 똑같냐"란 말

을 들을 때면 기분이 썩 나쁘지 않았다. 나를 그저 '지나가는 애엄마1'로 보는 사람들과는 달리, 내 오랜 역사를 아는 내 친구들만이 진짜 '나'를 알아봐 준단 생각마저 들었으니까. '나는 여전히 나야!' 그런 이상한 생각이 내 마음속에도 있었던 것이다.

내가 뭔가를 단단히 오해하고 있었다는 걸 깨달은 건 아이를 낳고 1년 반 정도가 지난 후였다. 처음으로 2박 3일 여행을 떠날 기회가 생겼고 나는 그 여행을 누구와 갈 것인지에 대해 오래 고민했다. 당연히 혼자서 혹은 남편과 둘이서 가는 게 나를 위한 것이고, 아이와 함께 가는 것은 아이를 위한 것이라 생각했었는데 그게 그렇게 간단치가 않았다.

아이는 그때 막 몇 가지 단어를 말하고 제법 풍경도 감상하기 시작했으며, 좋은 걸 보면 빙글빙글 돌며 웃기도 했다. 무엇보다 입을 살짝 벌린 채로 무언가를 골똘히 쳐다보고 있는 아이의 옆얼굴을 바라볼 때면 황홀했다. 어쩌다 내 인생에 이런 아름다운 풍경이 생긴 건지. 아이가 보는 것이 무엇인지는 중요치 않았다. 오래된 만국기든, 별 볼일 없는 간판이든 그걸 보는 아이의 표정이 곧장 내 핵심기억이 되는 식이었다. 내가 알고 있던 여행의 기쁨이 확장되는 순간이었다. 아이와 함께 살아간다는 것은 그런 일이었다. 나를 더 중요하게 여기느냐,

아이를 더 중요하게 여기느냐 같은 선택의 문제는 결코 아니었다.

지금 돌이켜보면 출산 전에 했던 다짐이 얼마나 순진한 생각이었는지, 두려운 마음에 삐쭉했었지 싶다. 바당이는 내 인생을 통틀어 나를 가장 크게 바꿔놓은 사람이고, 출산과 육아는 내 인생의 가장 드라마틱한 사건이다. 그 일을 겪으면서 내가 한 톨도 변하지 않았다면 거짓말일 것이다. 나는 달라졌다. 그것도 아주 많이. 내가 겪어보지 않은 일에 대해 말을 덧붙이는 것보다, '그럴 수도 있겠구나' 하는 일이 더 많아졌다. 잘 모르는 사람에게 도움을 청하는 데 망설임이 없어졌고, 또 조금 부끄럽지만 수년 만에 간지러운 가사가 붙은 사랑 노래들을 다시 듣기 시작했다. 그간 없던 선택지가 생겼지만, 포기해야 하는 것들도 늘어났다. 우선순위도 바뀌었다. 다시 말해, 예전보다 인생의 함수가 전반적으로 복잡해졌다.


## 아이와 함께 살아간다는 것

아이와 함께 산 지 3년 남짓 된 이제는 조금 알 것도 같다. 아이는 나와 같이 살아가는 사람이라는 것을. 한 집에 살며 시간과 공간을 나눠 쓰는 존재라는 것을. 당분간은 서로의 일상이 완벽히 분리되지 않은 채로 얽히고설켜 있을 거라는 것을 그럭저럭 받아들이게 됐다. 내가 부러 애쓰지 않아도 나의 어떤 면들은 예전과 같았고 또 어떤 면들은 변화의 흐름을 따라가기도 했다. 자연스러웠다.

그러고 보니 요즘 내가 제일 좋아하는 풍경은 오후 세 시쯤, 알록달록한 색깔로 빛나는 우리 집 거실이다. 아이가 쏟아지는 햇빛 속에서 제 장난감을 갖고 노는 뒷모습 사진을 수십 장 아니 수백 장쯤 가지고 있다. 아이가 아니었다면 나는 몰랐을 것이다. 내가 이렇게 원색을 좋아할 수 있는 사람인지! 그리고 나는 또한 배워가고 있다. 나와 완전히 다른 존재와 함께 산다는 것에 대해, 그 안에서 균형을 맞춰나간다는 것에 대해, 아이를 내 삶에 자연스럽게 받아들인다는 것에 대해. 아이와 함께 살아간다는 것에 대해서.

## 좋은 아빠,
## 그냥 엄마。

"이제 어떡하지?"

"그러게….."

"이제 우리도 자는 건가?"

"글쎄….. 그래도 되나?"

"근데 우리가 자면 바당이는 어떡하지?"

"그러게."

조리원에서 집으로 돌아온 첫날 밤, 열심히 이미지 트레이
닝을 해온 순서대로 목욕, 마지막 수유, 밤잠 재우기까지 마친
우리는 곤히 잠든 아이의 얼굴과 서로의 얼굴을 번갈아 보며
어쩔 줄을 몰랐다. 하마터면 트위터에 아이가 잠들었는데 이
제 우리도 자도 되냐는 질문을 올릴 뻔했다.

우리는 정말 아무것도 몰랐다. 나와 남편은 주변 친구들보

다 결혼을 일찍 한 편이었고 주변에는 아이를 키우는 집이 없었다. 그래서 우리는 조리원이 천국이라는 말을 철석같이 믿었다(사실은 지옥의 수유 캠프였지만). 또 어디에선가 자식이라는 건 '우리 집 천장을 부수고 내려온 천사'라는 그보다 더 정확할 수 없는 표현을 보면서도 '천사'라는 말에만 꽂혀 있었다. 우리는 오랜 시간 친구로, 연인으로, 동거인으로, 부부로 살아왔고 그러는 동안 우리 삶의 궤도는 거의 비슷했다. 학생이었고 취업준비생이었고 회사원이었다. 사람들이 우리에게 기대하는 바는 늘 거의 비슷했다. 하지만 아이를 낳은 순간 모든 것이 달라졌다.

조리원에서 새벽 수유를 할 때면 남편은 항상 같이 깨 수유에 필요한 쿠션, 가제 수건, 유두 보호기, 손목 보호대 같은 것을 준비해주고 수유를 하는 걸 지켜보다가 아이를 신생아실에 데려다주곤 했다. 그날도 수유 준비를 도와주고 내가 수유하는 걸 지켜보던 남편은 너무 피곤했던 나머지 침대에 앉은 채로 상모돌리기를 펼쳤다. 그런데 그걸 본 간호사 선생님이 이렇게 말하는 거다. "어머, 아빠! 아빠는 주무세요. 괜히 벌서지 말고요!"

벌이라니. 너덜너덜해진 손목으로 한 손으로는 아이 머리를 받치고 다른 한 손으로는 그 작은 입으로 내 가슴을 밀어 넣느라 에어컨 아래에서도 땀을 한 바가지 흘리고 있는 건 바로 나였다. 아이를 낳고 수유를 하면서 비로소 임신과 출산이 어째서 이브가 선악과를 딴 죄에 대한 형벌일 수 있었는지 이해하게 됐는데 벌이라고? 동료로서, 한 아이를 태어나게 하고 함께 키워나가기로 한 공동책임자로서 그 정도도 못 한단 말인가?


엄마 좀 그만 찾으세요, 좀!


바당이의 돌잔치를 마친 날 밤, 나는 맥주를 마시며 돌잔치 후 몰려온 우울감에 시달리고 있었다. 그날 사람들이 나와 남편을 대하는 게 얼마나 다른지 종일 실감했기 때문이다. 아이가 조금만 불편한 기색을 보여도 나만 찾았고, 아이 물건이 어디 있냐고 물어볼 때도 나만 찾았다. 하물며 음식은 몇 시부터 나와야 하냐고 확인이 필요할 때도 나만 찾는 것이 아닌가? 남편도 충분히 할 수 있는 일이고 다 알고 있는 건데도 말이다. 그럴 때마다 나는 "그건 남편에게 얘기하세요!"라고 대꾸를 해야 했다.

그런 와중에도 상찬은 모두 남편의 몫이 되었다. 돌잔치 중간에 아이에게 점심을 먼저 먹여야 해 남편이 작은 비닐에 김을 넣어 잘게 부순 다음 밥을 그 안에 넣고 굴려 모양을 만들었다. 그걸 본 사람들은 감탄했다. 어떻게 저런 아이디어를 냈냐, 어쩜 그렇게 아이 입에 들어가는 크기로 딱 알맞게 만드냐고 말이다. 그건 내가 남편에게 알려준 팁이었고, 오늘 아이에게 주먹밥을 먹일 생각으로 필요한 물건들을 챙겨온 것도 다름 아닌 나였는데 말이다.

우리가 이렇게 된 건 현실적으로 어쩔 수 없는 부분이 있었다. 내가 아이를 보는 시간이 남편보다 현저히 많았으니까. 우리의 경험치는 더 이상 조리원에서 돌아온 첫날 밤처럼 같지 않았다. 다만 우리는 여러모로 그 차이를 줄이기 위해 애썼다. 나는 좀 더 본격적으로 일을 하기 위해 들어오는 원고 청탁을 마다하지 않았고 프리랜서로서 입지를 굳히기 위해 애썼다. 남편은 아이가 태어난 후 아이가 세 돌이 다 되어가는 지금까지도 혼자서 온전히 반나절 이상을 보내본 적이 없다. 늘 퇴근하면 곧장 집으로 와 아이와 함께 시간을 보냈고 조금이라도 집에 일찍 오기 위해 백방으로 애를 썼다. 되려 나에게 나 홀로 휴가를 만들어주기 위해 본인의 업무 시간과 휴일을 조정했다. 이런 그의 노력은 누구보다도 내가 제일 잘 알고 있다. 남편은 좋은 파트너다. 내가 그런 것과 마찬가지로.

## 나는 엄마로 태어나지 않았다

　양육은 나와 남편의 공동 과제이자 우리 인생의 장기 프로젝트다. 적어도 우리 둘은 그렇게 받아들였다. 바당이가 태어난 이후로 양육은 우리에게 가장 중대한 관심사이자 탐구 영역이 됐다. 좋은 음악을 발견하면 서로에게 링크를 보내고, 간밤에 봤던 영화 트레일러를 열정적으로 설명했듯이 이제 우리는 각자 어디에선가 본 육아 정보를 스크랩해두었다가 공유한다. 또 각자 아이와 보냈던 때를 회상하며 인상적이었던 아이의 말과 행동들을 주제로 수다를 떤다. 아이를 재우고 둘이 오붓이 보내는 밤에는 종종 육아 팟캐스트를 함께 들으며 이렇게 해볼까 저렇게 해볼까 학구열을 불태우고 있다.

　그럼에도 불구하고 나와 남편을 향한 시선의 온도 차, '기-승-전-엄마'로 끝나곤 하는 분위기는 가끔 마음 한구석을 서늘하게 만든다. 사람들에게 남편은 늘 가정적이고 아이를 사랑하는 좋은 아빠, 최고의 남편이다. 그럼, 나는? 그러니까 그들에게 나는 '그냥 엄마'다. 잘하는 게 기본이고 해야만 하는 일을 하는 것이니 딱히 언급할 필요도 그 수고를 알아줄 필요도 없는. 아무래도 다들 잊고 있는 것 같아 굳이 덧붙이는데, 나는 엄마로 태어나지 않았다. 남편이 그런 것과 마찬가지로.

## 엄마 운전사가
## 필요한 이유。

평생 운전을 하지 않을 생각이었다. 나는 걷기의 즐거움을 아는 도시인이었다. 서너 정거장쯤은 걸어도 거뜬했고, 내가 살던 도시들은 대중교통이 잘 마련되어 있었으며 나는 그중에서도 버스 타는 걸 좋아했다. 버스 운전석 바로 뒷자리에 앉아 한강 다리를 건너며 바라보는 해 질 무렵의 풍경은 언제 봐도 근사했고, 나는 도시의 여행자가 된 마냥 설레었다. 뻔히 정해진 길이라도, 매일 반복되더라도, 무동력으로 공간을 이동하는 여정은 종종 한 움큼의 낭만이 들어오기에 충분했다. 그러나 걷기와 버스 타기의 소소한 행복은 어느새 사라지고 말았다. 바당이가 생기면서부터다.

임신 7개월이 되자 배가 꽤나 불러왔다. 그 무렵 나는 의사에게 양수과소가 의심되니 하루에 2리터가 넘는 물과 이온음료를 마시라는 처방을 받았다. 하루에 물을, 그것도 이뇨작용의 왕이라 불리는 이온 음료를 2리터씩 마시다 보니 자연스레 30분에 한 번씩은 화장실에 가게 됐고, 당연히 버스는 좋은 선택이 아니었다. 거기에 균형 감각이 떨어진 몸으로 급제동과 급출발을 반복하는 버스 안에서 덩실거리고 있노라면, 마치 온갖 퀘스트를 한꺼번에 수행해야 하는 게임 속 캐릭터가 된 기분이었다.

아이를 낳으면 차라리 좀 나을지도 모르겠다고 생각했었지만 막상 데리고 타보니 왜 그동안 버스에서 아이들을 잘 볼 수 없었던 건지 알게 되었다. '아이는 배 속에 있을 때가 가장 편하다'는 말은 3세 이하의 아이를 데리고 버스를 탔던 한 엄마가 시작한 명언이리라. 설상가상으로 백일도 채 되지 않은 아이를 데리고 이사한 도시는 대중교통의 불모지였다. 아무래도 이제는 정말로 운전을 해야 할 것 같았다.

하지만 그때까지도 막연한 생각뿐이었던 운전에 적극적으로 나서게 된 계기는 아이의 말 때문이었다.


붕붕이 운전사는 아저씨라고?


엄마, 아빠, 공, 붕붕.

말문이 트일 즈음 바당이가 처음으로 뗀 단어들의 순서다. 바당이는 18개월 무렵부터 자동차에 무척 관심을 보이기 시작했다. 엄마, 아빠, 공 다음으로 말한 단어가 '붕붕'이었을 정도로.

　아이는 자동차만 있다면 행복했다. 부산 해운대에 가서도 난생처음 보는 바다보다 모래사장 뒤편에서 작업 중이던 포크레인을 더 좋아했다. 재활용 쓰레기차가 오는 토요일 오전은 아이만의 축제 시간이었다. 자동차만 나온다면 그 그림책은 바당이에게만큼은 세상 가장 재밌는, 하루에 열 번도 더 읽을 수 있는 책이 되었다. 아이가 워낙 좋아하니 아예 차를 주제로 한 그림책들을 몇 권 더 사줬다. 크기별, 색깔별, 쓰임새별로 다양한 차들이 한가득 등장했고 이 책들은 단번에 아이의 최애 그림책이 됐다.

　그날도 그중 한 권을 읽어주고 있었다. 사촌 누나에게서 물려받은 영어 그림책이었는데 소방차도, 택시도, 기차도, 버스도 모두 사이좋게 두 대씩 그려져 있었다. 그리고 각각의 차에는 꼬박꼬박 여자 운전사, 남자 운전사가 번갈아가며 그려져 있었다. 신선한 그림이었다. 나는 트랙터에 화물을 싣고 있는 여자 운전사를 가리키며 바당이에게 말했다.

　"바당아, 이것 봐. 트랙터 운전사 누나가 차에 커다란 물건을 싣고 있네. 저기 목장에 가져다주려나 봐."

그런데 돌아온 바당이의 대답은 뜻밖이었다.

"아냐! 아저씨야! 누나 아니야!"

나는 순간적으로 할 말을 잃었다. 머릿속에 물음표가 백만 개쯤 떴다. 몇 번 더 이 운전사는 누나라고, 아저씨가 아니라 엄마 같은 여자라고, 너 할머니랑 고모가 운전하는 차도 타보지 않았냐고 구구절절 설명해봤지만, 바당이는 나중엔 거의 화를 내다시피 했다.

일단 후퇴. 그러고 보니 아이는 모든 운전자 뒤에 '아저씨'를 붙여 부르곤 했다. 경찰 아저씨, 소방관 아저씨, 택시 아저씨…. 세상에, 이게 대체 어떻게 된 일이지? 내가 그래도 명색이 페미니스트인데 이제 두 돌도 안 된 아들이 운전은 남자만 하는 것으로 생각하다니! 좌시할 수 없다! 나는 마음이 급해졌다. 얘가 이러다가 나중에 "여자가 운전은 무슨 운전이야! 시집가서 남편이 태워주는 차나 곱게 타고 다니면 그만이지"라며 일장 연설을 늘어놓던 그 언젠가의 택시 기사처럼 되는 게 아닐까 불안감을 떨칠 수가 없었다. 너무 다급했던 나머지 그만 무면허 30여 년 인생을 뒤엎는 충동적인 선언을 하고야 말았다.

## 나의 소박하지만 원대한 꿈

"바당아, 엄마도 이제 운전할 거다! 엄마 운전 되게 잘해. 이제 엄마 빠방 타고 놀러 다니자!"

바당이는 한참을 골똘한 표정으로 침묵을 지켰다. 그러고는 아무리 생각해도 받아들일 수 없다는 듯이 "아냐! 아빠 차야! 아빠 붕붕해!"라고 외쳤다. 나는 조용히 집에서 제일 가까운 운전면허학원을 검색했다.

아이에게는 당연했던 것일지도 모른다. 실제로 여자 경찰관도, 여자 포클레인 기사도, 여자 버스 기사도 본 적이 없으니까. 그런 와중에 동화책에는 매번 남성 운전사가 등장하고, 자가용을 타면 늘 아빠가 운전하는 모습만 보아왔으니 아이 입장에서는 운전을 아저씨들만의 일로 받아들이는 게 자연스러웠을 것이다. 아이들의 세계는 단순하고 직관적이다. 아이는 본 대로, 경험한 대로 말하고 생각한다. 우리가 별생각 없이 반복하는 것들이 아이들에게는 이 세상을 이해하는 중요한 단서가 된다. 말로 차근히 설명해주는 것도 물론 중요하지만 '새로운 그림'을 보여주는 것만큼 확실한 게 없는 이유이기도 하다.

올해가 가기 전에 나는 운전면허를 딸 것이다. 폭풍후진을

자랑하는 베스트 드라이버가 되어야지! 그러고 나서 그림책
에 나오는 운전사란 운전사는 다 엄마라고 얘기해줄 거다. 나
의 꿈은 그리 원대하지 않다.

# 낮말도 밤말도
# 아이가 듣는다。

　　나의 오랜 친구 하나는 예전부터 그런 얘길 많이 했다.
"야, 어쩜 너는 같이 다녀도 사람들이 말도 안 시키냐?"
"응? 뭐가?"
"(황당하단 표정으로) 못 봤어? 나 방금 '도를 믿으십니까' 사
람들한테 잡혔잖아! 이번 주에만 벌써 세 번째라고."
　　나는 무표정이 살벌하단 얘기를 다양한 버전으로 들어왔
다. 살면서 낯선 사람들이 내게 먼저 말을 걸어온 일은 한 손
에 꼽을 만큼 적었다. 물론 내 인생에 바탕이가 등장하기 전까
지 말이다. 좋게 해석하자면 아이가 대화의 문턱을 낮춰준 셈
이었다.
　　하루의 대부분을 아이와 단둘이서만 보내던 나로서는 '사
람 말'을 하는 성인과의 대화가 너무나 그리웠다. 그래서 아이
와 함께 산책을 나가거나 외출을 할 때면 아이가 예쁘다며 말

을 걸어오는 사람들이 반가웠다. 아이 덕분에 새로운 사람들과 소소하고 다정한 이야기들을 나눠볼 수 있지 않을까 하는 기대에 부풀기도 했다. 하지만 현실은 기대와는 좀 달랐다.

"아이고 날이 쌀쌀한데. 애 모자라도 씌우고 나오지."

(물론 날씨야 저도 알죠. 그치만 애가 모자만 씌우면 자지러지게 운답니다.)

"어머, 애가 너무 덥겠다. 양말 좀 벗겨요."

(위와 같은 날, 10분 간격으로 들은 얘기.)

"요즘 젊은 사람들은 왜 그렇게 애를 안 낳으려고 해요? 너무 이기적이야."

(글쎄요. 아마 길에서 전혀 모르는 사람한테 이런 얘기들을 듣는 게 싫어서가 아닐까요.)

"남자애죠? 남자애들은 파란색 입히는 게 훨씬 낫던데."

(제가 알아서 할게요.)

"애기엄마, 이맘때 진짜 조심해야 돼. 내가 아는 집도 애가 막 뒤집기 시작했을 때 엄마가 잠깐 쓰레기 버리러 갔다 온 사이에 그만 애가 죽었다니까."

(그 얘기를 저한테 굳이 하실 필요가 있을까요?)

## '엄마'를 향한 불편한 오지랖

이상했다. 그저 아이가 생겼을 뿐인데 '눈빛압살(눈빛만으로 상대를 단번에 보내버린다 하여 친구들이 내게 붙여준 별명이다)'이라는 과거의 명성이 무색할 만큼 나는 단숨에 오지라퍼들의 좋은 타깃이 됐다. 대화를 기대했던 내게 돌아오는 것이라곤 참견, 타박, 그리고 일방적인 지도 편달이 대부분이었다. 매번 어색한 웃음으로 "아, 네네" 하고 대충 넘기기도 지칠 지경이었다. '지금 당신이 하는 얘기가 제게는 굉장히 불편하답니다'라는 뜻을 어떻게 표현해야 할지 곤혹스러웠다. 예전 같으면 그냥 무표정으로 일관해 '대화 사절 아우라'를 뿜어내기라도 했을 텐데 아이가 있으니 그조차 쉽지가 않았다. 상대가 좀 무례하다 싶어도 웬만하면 싫은 티 내지 않고 '좋게좋게 넘어가자'가 됐다. 혹시라도 바당이가 나쁜 말들과 얽힐까 조심스러웠다. 며칠 전에 봤던 만취한 60대 남성이 놀이터에서 (하고 많은 사람들 중에) 아기띠로 아이를 안고 있던 여성을 향해 무차별 폭력을 행사했다는 뉴스도 자꾸만 떠올랐다.

하지만 얼마 전에 탔던 택시에서는 정말 표정을 숨길 수가 없었다. 택시에 타자마자 바당이에게 먼저 안전벨트를 해주었는데 그걸 본 기사님이 거들기 시작한 거다.

"옳지, 안전벨트 매야지. 잘 봐라? 남자들은 다 안전벨트 매고 다닌다!"

"???"

순간 내 귀를 의심했다. 내가 당황해서 일시 정지된 사이에도 기사님은 멈출 줄을 몰랐다.

"남자들은 이렇게 멋지게 벨트 매는 거야. 봐봐, 아저씨도 맸지? 아저씨도 남자라서 안전벨트 매잖아. 저기 다른 차들도 보면 남자들은 다 벨트 맸어."

'남자'와 '안전벨트'로 그렇게 많은 문장을 만들 수 있는 줄 난생처음 알았다. 내 인생이 〈트루먼 쇼〉가 아닐까 늘 의심만 해왔는데 확신이 생길 지경이었다. 그러지 않고서야 정말 이렇게까지 이상한 얘기를 들을 수가 있나? 의문을 떨칠 수 없어 계속 사방을 기웃거렸다. 혹시 황당한 상황을 연출한 다음에 반응을 찍어 내보내는 유튜브 방송 같은 건가. 그래, 어딘가 카메라가 있을 거야. 세상에 이렇게 이상한 사람들이 많을 리가 없어! 대답 없는 바당이와 나를 상대로 계속 같은 말을 반복하시는 기사님 옆얼굴을 멍하니 보고 있자니 진지하게 그런 생각마저 들었다.

'저기요, 기사님. 혹시 제가 안 보이세요? 이렇게 안전벨트를 잘 매는 '여자'가 여기 앉아 있잖아요.'

## 반대쪽에 추를 올리는 마음

일상에서 마주하게 되는 불쾌함이나 무례함에 모두 항의를 하며 살 수는 없다. 그럴 에너지도 없고, 솔직히 그러고 싶지도 않다. 온 세상 사람이 다 내 맘 같을 수야 없는 일이니까. 한 귀로 듣고 한 귀로 흘려서 내 이너피스Inner peace(내면의 평화)나 지키자 싶을 때가 더 많다. 하지만 아이와 있을 때면 문제가 달라진다.

아이는 아직 어떤 말을 흘려듣고 또 귀담아들을지 가늠하지 못한 채로 모든 말을 수집하고 있다. 가뜩이나 어디선가 들어본 말들을 따라 하며 배우는 중인데, 그런 아이 입에서 "남자들은 안전벨트 매는 거야"라는 말이 나올까 봐 종일 신경이 곤두섰다. 하지만 어쩌겠나. 아이를 내 맘에 들지 않는 모든 말로부터 보호해줄 수 있는 것도 아니고, 무엇보다 그것도 좀 이상한 일이지 싶다. 아이가 만나는 사람을 내가 다 정할 수도 없는 노릇이고 아이에게는 아이의 삶이 있는 거니까. 다만 아이가 무언가를 스스로 판단하고 째려볼 수 있을 때까지는 되도록 편견 어린 말들에서 자유롭도록 돕고 싶다. 그러려면 내가 열심히 반대쪽에 추를 올려놓는 수밖에.

택시에서 내려 손을 잡고 걸으며 얘기해줬다.

"바당아, 안전벨트는 누구나 다 매는 거야. 여자든 남자든 그런 건 상관없어. 차에 타면 그냥 다 매는 거야. 바당이도, 엄마도, 아저씨도, 다른 친구들도."

바당이는 별 대꾸 하지 않았지만 나는 안다. 바당이가 그 아저씨의 말과 마찬가지로 내 말 역시 기억해줄 거라는 걸.

정말이다. 어제도 "어머, 미쳤나 봐. 누가 차를 이렇게 엉터리로 대놨어?" 하는 엄마함미(우리 집에서는 외할머니, 친할머니라는 편향적 용어 대신 엄마함미, 아빠함미라는 호칭을 사용하고 있다)의 혼잣말을 들은 바당이가 한참 후에 내게로 와서는 심각한 얼굴로 "엄마, 큰일 났어요. 누가 미쳤나 봐요"라고 했으니까. 정말이지 아이들은 안 듣는 척해도 다 듣고 있다.

## 딸이에요,
## 아들이에요?


　　오후 두 시, 하루 중 가장 맑고 밝은 시간. 그만큼 졸음의 기운도 마법처럼 퍼져 시계는 보고 또 봐도 여전히 두 시 십 분이고 온 몸이 카페인을 부르짖는 바로 그런 시간. 이 오후 두 시는 나에게 '마의 시간대'였다. 체감상으로는 이미 침대에 누워 하루를 마무리해야 할 것 같은데 육아 교대조가 되어줄 남편의 퇴근까지는 여전히 대여섯 시간(혹은 그 이상)이 남은 시점.

　아이가 잘 걷기 전까지는 아이를 유모차에 태워 거의 매일 산책을 나갔다. 졸음을 떨치고 오후 육아의 의지를 다지는 나만의 작은 의식이기도 했다. 다들 비슷한 심정인지 이 시간대면 유독 유모차를 밀며 산책로를 걷는 사람들이 많았다. 그렇게 산책로와 벤치에 삼삼오오 모인 낯선 이들과의 어색한 대화에 몸을 맡기고 있자면 어김없이 그 질문이 등장하곤 했다.

"몇 개월이에요?"와 함께 영유아 토크계의 최종보스인 바로 그 질문.

"딸이에요, 아들이에요?"


애 정말 아들 맞아요?

바당이는 아기 때부터 종종 딸이라는 오해를 받곤 했다. 처음 갔던 문화센터에서는 2주 동안 선생님과 같은 반 엄마들까지 모두 바당이가 딸인 줄 알고 있기도 했다. 먼저 성별을 말하지 않으면 대부분 여자아이라고들 생각했는데 그러려니 했다. 날 때부터 유독 머리숱이 많기도 했고 아이 옷 때문일 수도 있겠다 싶었다. 나는 아동복 매장에서 분류해놓은 여아 옷, 남아 옷 카테고리를 거의 신경 쓰지 않는 편이었다. 분홍색이나 꽃무늬가 그려진 옷들은 물론이고 블라우스처럼 하늘하늘한 칼라가 달린 상의를 입히기도 했다. 특별한 이유가 있었던 것은 아니었고 그저 그 옷이 아이에게 잘 어울렸기 때문이다. 그러다 그날이 오고야 말았다.

아끼는 후배의 결혼식 날. 바당이는 둥근 칼라가 있는 셔츠에 멜빵이 달린 롬퍼를 입고 회색 타이츠에 메리제인 구두를 신었다. 정말 완벽한 착장이었다. 하지만 그날 나와 바당이는 정말 많은 질문에 시달려야 했다.

"여자애처럼 예쁘게 생겼네"라는 말은 감사해야 할 수준이었다. "어머, 네 엄마가 딸 갖고 싶은가 보다" "엄마한테 여동생 낳아달라고 해"부터 내가 중대한 거짓말을 하고 있다는 표정으로 아이를 여기저기 뜯어보며 "애 정말 아들 맞아요?"까지 레퍼토리도 다양했다. 급기야 어떤 분은 미심쩍다는 웃음을 지으며 "일부러 여자애 옷 입힌 거예요?"라고 묻기도 했다. 비슷한 이야기들로 이미 피로감이 상당했던 나도 더는 '좋게 좋게'가 안 됐다.

"일부러는 아니고요. 아이들 옷이 뭐 그렇게 여자 옷, 남자 옷 딱 다른가요? 그냥 잘 어울리니까 입히는 거죠, 뭐."

뾰족했던 말투 때문이었는지 돌아오는 이야기는 없었지만 유쾌하지 않은 경험이었다. 그냥 평소처럼 웃어넘길 걸 그랬나 싶기도 했지만 못마땅해하는 말들이 아이를 향하는데 지켜보고만 있기는 어려웠다.

## 보편적인 남자아이는 없다

내가 먼저 나서서 아이의 성별을 적극적으로 말하지 않은 건 직후에 이어지는 이야기들이 반갑지 않아서였다. 그저 바 당이의 특징이었던 것들이 성별이 밝혀지고 나면 곧장 '남자 아이'와 '아들'의 보편적 특징인 것처럼 연결되는 게 아무래도 이상했다.

"역시 남자애라 이목구비가 뚜렷하네."

"어쩐지, 여자애라기엔 장딴지가 너무 튼실하더라."

"어머. 얘는 사내애가 어쩜 이렇게 눈웃음을 쳐요?"

"바당이 머리 다듬고 나니까 엄청 남자다워졌네!"

"얘는 여자애처럼 애교가 많네요. 딸 같은 아들인가 봐."

어떤 말들은 남자아이일 때만 효력이 있고 또 어떤 말들은 여자아이에게만 맞는 것일까. 나는 여전히 모르겠다. 고작 아 이 한 명 키워본 (그것도 현재 진행 중인) 미천한 경험으로 어떤 보편적인 얘기를 할 수 없을 것 같다. 게다가 이제 육아 3년 차, 회사원으로 치자면 나는 여전히 신입이거나 끽해야 막 대 리 승진을 앞두고 있는 없을 정도일 텐데 그런 입장에서 '남자 애는' '여자애는' 하고 말을 꺼내기가 좀 겸연쩍다. 내가 할 수 있는 말은 오로지 바당이에 대한, 그리고 바당이를 키우는 일에 대한 것뿐이다.

생각해보면 다 큰 어른들에겐 면전에서 차마 하지 못할 말들을 아이들에게는 참 아무렇지 않게 한다.

"어머, 여성분이 야구에 대해서 많이 아시네요."

"남성분이 무슨 핑크색을 입고 그러세요?"

예시를 쓰다 보니 이런 구시대적 발상을 굳이 입으로 꺼내 분위기를 빙하기로 만드는 분들이 여전히 있긴 있는 것 같다. 그래도 이제 세상이 많이 바뀌어서 최소한 이런 말을 건네는 게 실례라는 것 정도는 합의가 된 것 같은데, 아이들은 어쩐 일인지 여전히 그 선 밖에 있다. 마치 성별이 한 사람의 가장 중요한 특징이라도 되는 것처럼. 아이 가졌다는 소식을 전할 때부터 세상은 유독 아이들을 여자와 남자로 나누려고 한다.

그런데 아이와 함께 살아가며 자연스레 아이들을 가까이서 관찰하게 된 입장에서 얘기하자면, 성별이 그 아이에 대해 말해주는 것은 정말 그리 많지 않다. 이런 예를 드는 것마저 억지스럽게 느껴지지만 바당이의 가장 친한 여자친구인 나희는 철봉에 두 팔로 매달리는 걸 제일 좋아하고, 바당이는 맨 마지막 계단에서 두 발을 모아 점프를 하는 것도 아직이다. 그걸 두고 '남자애가 왜 이렇게 겁이 많은지 모르겠다'고 생각하지 않는다. '바당이는 겁이 좀 많구나' '아직 점프를 하고 싶지 않은 걸까?' 짐작해볼 뿐이다. 여자아이라서, 남자아이라서가 아니라 그저 바탕이라서. 그게 이 세상에 단 하나뿐인 바탕이를 제대로 바라봐주는 것 아닐까.

# 아이의
# 취향。

"출동! 불이 났다. 얼른 불 끄러 가야 돼! 자, 나 따라와!"
"삐뽀삐뽀, 어디지? 어느 쪽으로 가는 거지?"
"이쪽이야, 이쪽! 얼른. 빨리빨리! 삐뽀삐뽀!"

여러분이 보고 있는 것은 '삐뽀삐뽀 불났어요' 상황극으로 최근 바당이의 단골 에피소드다. 스크립트 짜는 실력이 일취월장하고 있는 25개월 바당이는 틈만 나면 매트 위에 배를 깔고 엎드려 가장 좋아하는 소방차와 사다리차, 구급차로 1인 3역을 소화한다. 그렇다. 아이의 자동차 사랑은 여전하다. 사실 바당이는 유아용 애니메이션을 별로 좋아하지 않아서 〈로보카 폴리〉나 〈타요〉같이 '탈것'이 주인공인 콘텐츠를 제대로 본 적이 없다. 어린이집도 다니지 않던 때였고, 남편과 나 역시 자동차에 특별히 가중치를 둔 적이 없었다. 아이의 자동차 사랑이 어디서 시작됐는지 모를 일이다. 바당이에게 한 번 물어본 적이 있었다.

"바당이는 빠방이 왜 그렇게 좋아요?"

"빠방 좋아요. 바당이가 좋아서요."

우문현답이었다. 덕통사고란 게 다 그런 것 아닌가. 좋아서 좋은 거지. 이유 같은 게 왜 필요하담. 나는 바당이에게 취향이 생겼다는 게 기뻤다. 존재를 기르는 기쁨은 여러 갈래였지만 외출할 때마다 꼬박꼬박 트럭 장난감을 꼭 안고는 "나 함미네 집 갔다 올게! 여기서 조금만 기다려. 안녕, 빠빠이!" 하는 아이를 보고 있으면 진정한 소확행을 목격하고 있다는 생각이 들었다. 이런저런 컬렉션을 만드는 취미가 있는 우리 부부는 아이가 모을 자동차 장난감 브랜드를 알아보며 아이의 덕질에 적극적으로 협조했다. 그렇게 어느새 자동차들은 바당이의 장난감 수납장에서 가장 많은 지분을 차지하게 됐다.


역시 남자애라 그래


하지만 이 별일 아닌 일을 별일로 만드는 건 이번에도 어른들이었다. 아이가 자동차에 폭발적인 관심을 보이는 걸 지켜본 이들은 "역시 남자애라 그렇다"라는 말을 꼬박꼬박 덧붙였다. 아이는 주방놀이와 장보기놀이도 여전히 좋아했고 많은 시간을 할애했지만 그에 대해선 아무도 별다른 말을 더하지 않았으면서 말이다. 아, 이 온도차를 어쩐단 말인가.

어떻게 된 일인지 아주 모르겠다는 건 아니다. 주위를 돌아보면 '통계적으로' 그런 것처럼 보인다. 여자아이들 대부분은 공주놀이와 인형놀이를 좋아하고 남자아이들은 대부분 탈것과 공룡을 유독 좋아한다. 어쩌면 정말로 타고난 호오가 있을지도 모른다. 그런데 과연 그것이 합리적인 추론일까? 여자아이는 공주를, 남자아이는 자동차를 좋아하는 것이 자연스럽다고 말하기 전에 한 번쯤 돌이켜보자. 아이들이 신생아 때부터 어떤 색깔과 장난감에 둘러싸이게 되는지 말이다.

하늘색 바탕에 자동차가 그려진 남아 옷, 핑크색 바탕에 꽃무늬가 그려진 여아 옷으로부터 완전히 자유로울 수 있는 아이가 과연 있을까? 선택지가 있어야 좋고 싫음도 생기는 것인데 유독 아이들에게는 성별에 따라 어떤 선택지는 아예 제공조차 되지 않는다. 당장 장난감 가게만 가봐도 '온 세상이 남자애는 자동차를 좋아하도록, 여자애는 공주놀이를 좋아하도록 설계된 것 아닐까'라는 음모론이 합리적으로 보일 정도다.

취향이니 존중해주자고요!

언젠가 세 식구가 다 함께 아이 모자를 사러 백화점에 갔다
가 일곱 살 정도 되어 보이는 여자아이와 그 아이의 엄마가 한
참 실랑이 중인 걸 본 적이 있다. 아이는 짙은 파란색 모자를
원했고 엄마는 반짝이는 하트 무늬가 그려진 핑크색 모자가
더 예쁘지 않냐며 아이를 설득하고 있었다. 아이는 확고했고
엄마 역시 마찬가지였다.

"아휴, 너는 무슨 여자애가 그렇게 죄다 파란색으로 하려고
그래?"

"파란색이 뭐 어때서? 이걸로 할 거야."

아무래도 핑크색으로는 승산이 없다고 판단했는지 아이 엄
마는 이번에는 파스텔톤의 하늘색 모자를 권했지만 아이는
물러설 생각이 없어 보였다. 급기야 엄마는 자신의 손에 들린
핑크색 모자를 흔들며 내게 도움을 요청했다.

"이모, 어때요? 이게 훨씬 낫죠? 그렇죠?"

아, 정말 고민이 됐다. 저분이 지금 어떤 심정으로 내게 말
을 걸었는지 누구보다 잘 알았다. 그건 일종의 구조 요청이었
다. 동료에게 보내는. 하지만 평생을 여자애가 왜 그렇게 칙칙
한 회색을 좋아하냔 애길 들어온 입장에서 파란색이 제일 좋

다는 여자아이에겐 무한한 자매애를 느꼈다. 동지애냐, 자매애냐. 결국 내가 할 수 있는 최선의 대답을 할 수밖에 없었다.

"네…. 그런데 파란색이 정말 예쁜데요? 따님한테 정말 잘 어울려요!"

동지의 얼굴에 '세상에, 당신. 알 만한 사람이 어떻게 나한테 이럴 수가 있어!' 같은 낙심이 스쳐 지나갔다. '죄송합니다. 하지만 따님 뜻을 존중해주시죠. 취향이잖아요!'라고 속으로 열심히 외치는 수밖에 달리 방법이 없었다.

바당이가 어쩌다 자동차와 사랑에 빠져버렸는지는 아마 영원히 알 수 없을 것이다. 그렇다고 아이의 취향을 그저 '남자아이라서'라고 뭉뚱그리고 싶진 않다. 앞으로도 아이의 취향을 존중할 것이다. 하지만 아이가 왜 어떤 것은 유독 좋아하면서 어떤 것에는 관심을 가지지 않게 됐는지 좀 더 꼼꼼히 뜯어보고 싶다. 내가 먼저 아이를 그렇게 대해야 아이도 자기 자신을 그런 태도로 볼 수 있지 않을까? 자신에게 좋은 것이 무엇인지, 어떤 것들과 함께 있을 때 편안하고 즐거운지, 그렇다면 그것은 왜 그런 것인지. 아이가 누구보다도 자기 자신에 대해 많은 질문과 대답을 갖고 있는 사람이었으면 좋겠다.

## 노키즈존에
## 찬성하신다고요?


　　바당이를 낳은 후로 잊을 만하면 한 번씩 떠오르는 일이 있다. 아이를 낳기 한참 전의 일이다. 친구와 나는 둘 다 스카우트 제의를 받은 상황이었고 우리는 조용한 곳에서 얘기를 나누길 원했다. 일부러 사람들이 많이 찾는 프랜차이즈가 아닌 아늑한 분위기의 동네 카페를 찾았다. 30분 정도 있었을까. 우리는 더 이상 차분히 대화를 이어나갈 수 없었다. 이제 서너 살 정도 됐을 법한 아이와 아이의 엄마, 그리고 그녀의 친구들 때문이었다.

　　아이는 계속 엄청난 고음으로 소리를 질러댔다. 뭔가 맘대로 되지 않는지 짜증을 냈다가 또 엄마와 친구들이 달래면 다시 까르르 웃기도 했다. 엄마는 아이를 좋은 말로 타일러보기도 하고 과자로 유인하기도 했다.

　　친구와 나는 말을 멈췄다가 이어가길 반복했다. 그러나 인내심은 그리 오래가지 못했고 결국 우리 대화의 주제는 어느새 그들이 되어 있었다. 성가시고 방해가 되는 그들. 그러다 참다못한 친구는 결국 자리에서 일어나 그들에게 한마디했다.

"저기요. 좀 조용히 해주실 수 없나요?"

왜인지 모르겠다. 하지만 곤히 잠든 아이 옆에 누워 날로 단단해져가는 아이의 발바닥을 어루만져볼 때, 아이가 내 등 뒤에 찰싹 붙어 한쪽 볼을 내 어깨에 비빌 때, 그때마다 한 번씩 그날의 기억들이 되살아나곤 했다. 나와 친구가 뱉었던 말들, 아이의 표정, 아이를 안고 다급히 화장실로 뛰어가던 그녀들의 뒷모습이.


아이와 엄마만이 민폐일까?


사실 나는 공중도덕을 아주 소중히 생각하는 사람이다. 쓰레기를 아무 데나 버리는 사람, 길거리에 침을 뱉는 사람, 걸어가며 담배를 피우는 사람, 영화관에서 비어 있는 앞 좌석에 발을 올려두는 사람. 그런 사람들을 보면 눈살이 찌푸려진다.

아이를 낳고서 가장 받아들이기 힘들었던 일 중 하나는 내가 바로 그런 사람이 되었다는 사실이었다. 아이는, 아이와 함께 있는 나는 무례할 수밖에 없었다. 주변에 폐를 끼칠 수밖에 없었다. 양해를 구하고 사과해야 할 일투성이였다. 아이는 남의 물건을 만지면 안 된다는 것을 몰랐고 의자 위에 신발을 신고 올라가서는 안 된다는 걸 몰랐다. 또, 어째서 실내에서는 큰 소리로 노래를 부르며 뛰어다니면 안 되는지도 몰랐다.

노키즈존에 찬성하는 사람들은 주로 아이와 그 아이의 부모들 때문에 그간 점주들이 입은 피해가 막대하다고 얘기한다. 남편도 자영업자라 잘 알고 있다. 우리 가게의 방문객도 아이들과 그 보호자들이 다수를 차지한다. 많은 일이 있었다. 아기들을 위해 따로 비치해둔 유아용 물티슈가 통째로 사라지기도 하고, 직원들만 들어올 수 있는 공간에 아이들이 아무렇지 않게 뛰어 들어오기도 한다. 아이가 바닥에 토했다면 제발 그냥 사라지기 전에 알려주기라도 했으면 좋겠다.

한편, 이런 경우들도 비일비재하다. 들어오자마자 다짜고짜 반말을 한다. 찾는 물건의 위치를 안내하면 왜 직접 꺼내주지 않느냐고 기분 나쁘다며 욕을 한다. 계산대 앞에 진열된 몇천 원짜리 물건들을 훔친다. 복도에 노상방뇨를 한다. 아, 혹시나 해서 덧붙이자면 뒤에 나온 문장들의 주인공은 모두 '성인'이다. 그것도 아주 많이 자란 성인들.

이처럼 민폐를 끼치는 건 '아이와 부모'만이 아니다. 지하철에서 이어폰도 꽂지 않고 최대 음량으로 야구 중계를 틀어놓아서 전 승객을 강제 관람시켰던 할아버지, 내 발을 밟고도 미안하단 말 한마디 없이 앞만 보던 아주머니, 산책로에서 반려동물의 용변을 치우지 않고 모른 척하던 고등학생. 성별도 나이도 직업도 사는 곳도 생김새도 모두 제각각이다. 어쩜 저렇게 자기밖에 모를까, 어쩜 저렇게 다른 사람을 신경 쓰지 않을 수 있을까. 그런데도 어째서 유독 아이에게만, 그리고 아이와 함께인 사람에게만 남에게 피해를 입힐 '수' 있다는, 어디까지나 절반의 확률뿐인 이유를 들면서 너희는 이곳에 들어올 수 없다고 못 박는 것일까.

약자가 늘 '옳고 선한' 피해자는 아니다. 약자는 '개인'으로 규정되지 못하는 존재들이다.

예술사회학자 이라영은 『환대받을 권리, 환대할 용기』에서 이렇게 얘기했다. 그의 말을 빌리면, 아이들이야말로 이 사회의 약자이고, '노키즈존'이야말로 약자 혐오, 약자 배제의 문제다. 공공장소에서 사람들을 불쾌하게 만드는 다른 이들과는 달리 아이들과 그 아이의 부모들로 싸잡힌 우리들만은 출입금지를 당해 마땅한 존재가 되었으니 말이다.

## 어른스러운 어른의 의미

아이들은 여러 면에서 서툴다. 목소리 크기를 조절할 줄 몰라서 곧잘 너무 큰 소리로 말하거나 소리를 지르고, 아직 소근육이 섬세하게 발달하지 못한 까닭에 식탁이나 바닥에 음식을 흘리곤 한다. 아이들은 배워나가는 것이다. 그 모든 것을. 우리가 타고난 것처럼 자연스럽게 하고 있는 모든 것들이 아이들에게는 월령과 발달 정도에 따라 완수해내야 할 과업이다. 아이들은 고군분투하며 익힌다. 아이가 공공장소에서의 예절을 알기 전까진 데리고 나오지 않는 게 아이에게나 주변 사람에게나 좋겠다는 댓글들을 볼 때면 절망감을 느낀다. 그걸 배우려면 첫째로 아이가 공공장소에 있어야 하고, 두 번째로 그곳에서 부모를 비롯한 다른 사람들의 행동 양식을 볼 수 있어야 한다. 공공장소에서의 식사 예절을 공공장소가 아니면 어디서 가르칠 수 있을까.

아이들은 이 세계에 적응하기 위해 부단히 애쓰고 있다. 모든 것이 '성인'을 기준으로 만들어진 세상의 규칙들을 배우고 또 익힌다. 그렇게 사람이 되고 사람으로 살아가는 것이다. 최소한 인간세계에 연착륙한 대선배로서 한참 후배뻘인 아이들에게 같은 '종種'으로서의 연민을 품고 응원해줄 수 있는 것 아닐까.

## 거절당할 수 있다는 가능성에 대하여

얼마 전에 바당이의 세 번째 생일을 기념해 제주로 여행을 다녀왔다. 입덧으로 울며불며 공항에 겨우 도착해 서울행 비행기를 탔던 이후로 거의 4년 만이었다. 아이가 태어나기 전에는 아이와 함께할 첫 여행지는 당연히 제주일 거라고 생각했다. 아이가 우리에게로 와준 곳이었으니까. 하지만 아이가 커가는 동안 제주와는 점점 멀어지기만 했다. 더 이상 제주는 퇴사 이후 새로운 30대를 그려봤던 곳, 시시각각 바뀌는 바다와 구름을 보며 감탄하던 곳이 아니었다. 우리나라에서 가장 많은 노키즈존을 보유한 곳, 그게 바로 제주였다.

SNS에서 아이와 함께 제주 여행을 떠났다가 노키즈존을 마주한 분들의 후기를 볼 때마다 마음이 복잡했다. 왜 제주를 가지 않냐고 묻는 친구들의 질문에는 가뜩이나 동선 짜기 복잡한 아이와의 여행에 노키즈존까지 고려할 여력이 없다고 대답했다. 하지만 사실은… 두려웠다. 거절당할까 봐. 아이에게 네가 지금 거절당한 것이라고, 네가 아이이기 때문에, 네가 여기서 뛸 수도 있고 갑자기 노래를 부를 수도 있기 때문에 환영받지 못하는 거라고 말해줄 엄두가 나지 않았다.

여행 준비 중에 노키즈존 가게들을 표시해둔 지도를 보다가 제주에 머무는 동안 가장 자주 갔었던 카페가 노키즈존이었다는 것을 알게 됐다. 그제야 그 카페의 출입구에 조그맣게 붙어 있던 메모지가 떠올랐다. 나와는 전혀 관계가 없었던 일, 그래서 이전의 나에게는 아무런 문제도 되지 않았던 일. 하지만 누군가에게는 하루의 기분과 스케줄을 좌우하고 나아가 '거절당할 수 있다'는 가능성을 늘 염두에 둔 채로 살아가게 만들었을 일. 세상에 그런 일이 있다는 것을, 아마도 수없이 많을 것이라는 사실을 이제라도 기억하려고 한다. 그리고 무엇보다 수년 전 그날, 카페에서 화장실로 쫓겨 갔던 그 아이에게 사과하고 싶다. 미안하다고, 내가 정말 '어른답지' 못했다고.

## 개념맘과 맘충,
## 그 사이에서。

바당이와 얼마 전에 단둘이서 첫 기차 여행을 했다. 기차를 탄 한 시간 동안 아이는 내내 얌전했다. 함께 주먹밥과 귤을 나눠 먹고 제일 좋아하는 스티커북과 퍼즐을 하며 놀기도 하고 바깥 풍경을 화제 삼아 종알거리며 자리에 잘 앉아 있었다. 중간중간 조금 큰 소리로 노래를 부르거나 목소리가 높아질 때가 있었지만 '비밀 이야기 놀이'를 하자고 잘 구슬려서 조용히 시켰다.

언젠가 트위터에서 이런 글을 본 적이 있다.

'두세 살 애들은 기차 안 탔으면 좋겠다. 여행하는 거 어차피 아이는 기억도 못 하고 부모도 힘들지 않냐?'

'기차 탄 사람들한테 민폐만 끼치는 거다.'

'자차로 여행할 거 아니고서야 그 나이 때는 집에서 부모랑 노는 게 훨씬 교육적인 것 같다.'

그런 이야기를 아주 논리 정연하고 차분한 말투로 하는 사람이었다. 당연히 그 글만 봤을 때는 정말 웃기지도 않는다, 자기가 뭔데 몇 살은 기차를 타라 마라 하냐며 비웃어줬다. 그런데 그런 글들의 무서운 힘은 정말로 아이와 기차를 탈 때마다 그 말들이 떠오른다는 데 있다. 지금 우리랑 같은 기차에 탄 사람 중에도 저 비슷한 생각을 하는 사람이 있겠지. 몇 명이나 될까. 우리 옆자리에 앉은 저 사람들일까. 아이 목소리 데시벨이 조금이라도 높아지고 주위 사람과 눈이 마주칠 때마다 조마조마하고 유아 동반 객실에 타지 못한 게 마음에 걸렸다.


어떤 시선들

아이를 데리고 외출한 날이면 특히 더 피곤하다. 아이와 함께하는 여행이 '출장'이라면, 아이와의 외출은 '외근' 아니 '특근'이라고 부르는 게 맞겠다. 기저귀를 갈지 않겠다며 도망 다니는 아이를 어르고 달래고 구슬려도 소용이 없어 결국엔 '자꾸 그러면 우리 먼저 간다'는 협박을 동원, 뒷덜미를 겨우 잡아 옷을 입힐 때면 이미 오늘의 에너지를 다 소진한 느낌이다.

내가 무슨 부귀영화를 누리겠다고 외식을 하나 싶다.

하지만 그것보다도 나를 위축시킨 건 어떤 '시선들'이었다. '노키즈존'이나 '맘충' 논란이 불거질 때마다 문제는 애가 아니라 (자기 자식도 제대로 안 가르치는) 엄마들이라는 사람들. 그들이 원하는 그림이 무엇인지 안다. 마구잡이로 뛰어다니는 아이를 타이르고 때론 엄격하게 혼내서라도 당장 아이를 조용히 시키고 제자리에 앉히는 엄마. 하지만 이렇게 되기까지 얼마나 많은 시행착오가 있어야 하는지, 얼마나 많은 시간이 필요한지에는 아무도 관심이 없어 보인다.

아이가 잘못된 행동을 했을 때 이를 교정하고 규칙을 알려주는 '훈육'을 하는 것은 물론 중요한 일이다. 문제는 아이가 스스로 자신의 감정을 정리할 수 있도록 기다리는 과정이 필요하다는 것이다. 아이들이 생떼를 쓰며 바닥에 드러눕거나 대성통곡할 때, 많은 전문가가 그냥 '모른 척'하라고 한다. 바당이도 그랬다. 옆에서 계속 이야기를 받아주는 사람이 있으면 떼가 더 심해지고, 그 상황을 일단 종료시키기 위해 무력을 쓰면 더 크게 울며 버둥거렸다. 하지만 어쩔 수가 없었다. 아이가 알아서 울음을 멈추기까지는 길어야 30초 정도가 걸리겠지만, 그 지옥 같은 시간을 도저히 견딜 수 없었다. 우는 아이들을 고개를 돌려서까지 뚫어지게 쳐다보며 '어머, 쟤는

왜 저래?' '엄마는 어디 있어?' 하는 사람들을 한두 번 본 게
아니었다.

돌이 갓 지난 아이를 데리고 독일 여행을 다녀왔던 친구는
식당에서 아이가 울어도 아무도 쳐다보지 않았을 뿐만 아니
라 아이를 안은 채로 앉았다 일어났다 안절부절못하는 자신
에게 한 할아버지가 "애들이 다 그렇죠, 뭐"라고 위로를 건넸
다며 문명을 경험한 기분이라고 털어놓았다. 엄마들끼리 유
독 힘들었던 날에 관해 이야기를 나누다 "그날 진짜 마트에서
애가 난리 치는데 사진 찍힐 뻔했다니까요" "저 오늘 맘충 될
뻔요" 하는 농담들이 나올 때면 까르르 웃다가도 한순간 마음
이 서늘해졌다.

가장 괴로운 건 서로의 사정을 가장 잘 알고 있는 엄마들이
맘충 논리의 수호자가 되는 걸 보는 일이었다. '맘충이라는 말
이 나오게끔 하는 개념 없는 엄마들이 있다' '그런 사람들 때문
에 괜히 (나를 비롯한) 문제없는 엄마와 아이들까지 피해를 본
다'는 얘기는 단골 레퍼토리다. 그런 이야기를 보고 들을 때면
여지없이 슬펐다. '아니요, 애초에 그런 말들이, 그런 기준이 없
어야 하는 건지도 몰라요.' 이런 말들이 계속 입안을 맴돌았다.

## 속하지 않을 권리

'맘충'이니 '개념맘'이니 하는 말들을 가만히 들여다보고 있
자면 기시감이 든다. 익숙한 감각이다. 아이를 낳기 전, 결혼하
기 전에 나는 '된장녀'처럼 보이지 않기 위해 애썼다. 된장녀
들의 집합소이자 여성우월주의의 본거지로 자주 소환되는 학
교를 졸업한 탓에 나는 그 학교 출신 같지 않다는 말을 칭찬으
로 들으며 살았다. 명품에는 관심 없고 김밥천국의 소박한 맛
을 즐길 줄 알고 스타벅스 커피 한 잔보다 같은 값의 포장마차
우동이 주는 운치를 아는 털털한 여자. 그런 말도 안 되는 기
준들에 신경을 안 쓰는 듯하면서도 혹시 내가 그런 사람으로
보이지는 않을까 나 스스로 검열했다. 누구에게 뭘 그렇게 증
명하려고 했는지 모를 일이다.

'○○녀'가 되지 않기 위해, 혹은 '○○녀'가 되기 위해 애쓰
던 흑역사를 다시 반복하고 싶은 마음은 없다. 나는 이제 다른
사람들이 그어놓은 선 안으로 들어가기 위해 노력하지 않을
것이다. 공중도덕을 아끼는 사람으로서 나와 내 아이가 다른
사람들에게 폐를 끼치지 않기 위해 최선을 다하겠지만, 아이
와 나를 향한 무례함에도 당당히 맞설 것이다. 나는 개념맘도
맘충도 아니다. 나에게는 어디에도 속하지 않을 권리가 있다.

"이것만큼은 꼭 하셨으면 해요."

임신 기간 내내 무덤덤한 표정과 말투로 나를 안심시켜주고, 엄마가 좋으면 그게 최고라며 은근슬쩍 태교 무용론(?)을 설파하시던 주치의 선생님이 딱 하나 강조하던 게 있다. 바로 태담이다. 아이의 정서발달과 교감에 도움이 되는 것도 있지만 무엇보다 아이에게 말을 건다는 게 꽤 어려운 일이니 미리부터 연습을 해두라고 하셨다. "선생님 ○○을 꼭 해야 할까요?"라는 질문에 매번 대부분 "안 해도 됩니다"라고 대답하던 분께서 하는 게 좋다고 하니 정말 중요한 일 같았다.

그렇게 시작한 태담은 일단 상대가 보이지 않는다는 점에서 최고 난이도였다. 이야기하는 상대가 눈에 보이면 조금은 달라질 거라고 생각했는데, 사실 아이를 낳고도 비슷한 상황은 이어졌다. 말이 통하지 않는 아이와 하루의 대부분을 보낸다는 건 무척 힘든 일이었다. 밤이면 퇴근한 남편을 붙잡고 그날 있었던 일들을 속

사포처럼 쏟아내곤 했는데 하루는 남편이 나에게 이렇게 말했다. "자기 정말 말이 하고 싶었구나"라고.

정말 그랬다. 사람들과 나누던 인사말, 별 뜻 없이 하던 날씨 얘기 같은 스몰토크들이 그리웠다. 아이와 나 둘밖에 없는 집에서 나조차 떠들지 않으면 종일 사람 목소리를 들을 수 없었다. 그 분위기가 너무 삭막했고 또 외로웠다. 아이와 분명 함께, 이보다 더 함께일 수는 없을 정도로 함께 있는데도 나 혼자인 기분. 그게 싫어서 아이를 상대로 열심히 떠들었다.

"바당아, 오늘은 엄마가 아보카도 새우 리소토라는 걸 할 건데 아보카도는 알맞게 익었을 때 잘라야 해. 그러지 않으면…"
"와, 바람 많이 분다. 한 번 만져볼래? 자, 이렇게. 엄마처럼 손바닥을 쫙 펴서 이렇게 팔을 앞으로 쭉 뻗으면…"

초반에는 혼잣말러에 가까웠지만 아이가 제법 말을 하게 된 후부터는 나름 유려한 스몰토커로 거듭났다. 어떻게 그렇게 지치지도 않고 아이와 얘기하냐는 소리를 몇 번 들어서 곰곰이 생각해봤는데 나는 아이와 수다 떠는 걸 좋아하는 편인 것 같다. 돌이켜보면 임신 했을 때에도 아이와 대화를 할 날을 그려보며 설레곤 했었다. 그리고 예감은 틀리지 않았다.

해파리를 보곤 "와! 낙하산이다. 이거 한 번 타보고 싶어요!"라고 얘기하는 아이의 상상력과 표현력은 이전의 나로서는 짐작조차 하지 못했던 기쁨이다. 그래서 되도록이면 시간이 날 때마다 아이에게 계속 말을 걸고, 아이의 말에는 최대한 성실하게 대답하려 한다. 특별한 나만의 비법이 있는 건 아니지만, 그래도 프로 스몰토커라 자칭하는 내가 아이와 대화를 할 때 지키고자 하는 작은 원칙들을 소개해볼까 한다.

### 좋은 질문보다 위대한 것은 없다

대화를 잘 이끌어가는 사람들을 가만히 떠올려보면 그들이 대부분 '좋은 질문'을 던지는 사람이라는 걸 알 수 있다. 가령 여행을 다녀온 후라면 "여행 좋았어?"라는 질문보다는 "여행 어땠어?"라는 질문을 던지는 사람과 더 다채로운 이야기를 나누게 된다. 좋은 대화는 대답이 단답형으로 나올 수밖에 없는 질문은 피하는 것부터 시작된다. 바당이에게도 최대한 "아까 은우 형 집에 갔던 거 어땠어?" 혹은 "오늘 송편 처음 먹어봤지. 어땠어?" 같은 식으로 이야기를 시작했고 아이의 반응에 맞춰서 "뭐가 제일 재밌었어?" 라든가 "노란색 송편도 있더라?" "아까 떡 안에 들어 있던 건 뭔지 봤어?" 같은 식의 구체적인 질문들로 대답을 유도하곤 했다.

### 스몰토크의 단골손님은 바로 '오늘'

바당이는 침대에 나란히 누워 수다를 떨다 잠드는 걸 좋아한다. 말이 통하는 지금이야 나도 어느 정도 즐거운 마음으로 이 의식에 참여하지만 그전까지는 대화라기보단 주로 나 혼자 떠드는 일이었기 때문에 사실 굉장히 피곤했고 잠든 척한 적도 많았다(바당아 미안).

아이를 상대로 이야기를 시작할 때 가장 어려운 점은 '주제'를 잡는 건데 그런 면에서 '오늘 하루'는 가장 만만하면서도 무난한 최고의 소재다. 함께 경험한 것이기 때문에 아이의 반응도 적극적인 편이다. 특별한 이벤트가 있었다면 좀 더 말할 거리가 많겠지만 단조로운 일상이더라도 그림일기 쓰는 기분으로 가볍게 얘기한다. "우리 아까 놀이터에서 미끄럼틀 탔었잖아" 혹은 "오늘 목장에 놀러가서 바당이가 뭐 했었는지 토토(바당이의 애착인형)한테 얘기해줄까?" 정도면 충분하다.

**아이에게 기대되는 내일을!**

잠자리 수다에는 한 가지 치명적인 문제점이 있다. 그건 바로 영원히 끝나지 않을 수 있다는 것이다. 잠자리에 누운 아이는 잠에 드는 것 빼고는 뭐든 할 기세로 이야기의 나래를 펼쳐간다. 꽤 자주 닥치는 이 위기를 벗어나는 최고의 방법은 역시 '화제 전환'인데 그중에서도 바당이의 꿈나라행 급행열차를 보장해주는 건 바로 내일에 대해 이야기하는 것이었다.

"얼른 코 자고 일어나서 내일 블럭놀이 하자."

"내일 아침에 엄마랑 식빵 사러 가야 되니까 얼른 자야겠다. 그렇지?"

이런 식으로 운을 띄우며 다음에 대한 기대감을 심어주고 대화를 마무리한다.

## 대화의 주도권은 아이에게 있다

대화의 흐름을 아이에게 맡기다 보면 사실 8할은 '아무 말 대잔치'가 되고 만다. 아이들의 이야기는 맥락이나 인과의 지배를 받지 않는다. 마치 꿈 같달까? 공룡이 어느새 다람쥐가 되고 놀이터 얘기가 어제 읽었던 동화책으로 이어지는 식이다. 그런데 그러면 뭐 어떤가! 스몰토크가 괜히 스몰토크겠는가? 나도 처음엔 아이와 뭔가 '결론이 있고 유익한' 대화를 해야 한다는 마음이 있었다. 그런데 뭔가를 해야 한다는 생각이 있으면 즐거울 수가 없다. 매번 새로운 이야기를 해줘야 한다든가, 뭔가 가르쳐줘야 한다든가, 재밌게 해줘야 한다든가 하는 강박에서 벗어나고자 했다. 그리고 아이에게 대화의 주도권을 맡겼을 때 나는 종종 상상도 못했던 행복을 경험하곤 한다.

"바당아."

산책길에 손을 꼭 잡고 아이를 불렀다. 나를 올려다보는 아이는 내가 무슨 말을 하려는지 이미 다 안다는 표정이다. 그러고는 코를 찡긋거리며 말한다.

"사랑해?"

어떤 말로도 표현할 수 없는 황홀함을 느낀다. 아이가 대화의 즐거움을 아는 사람으로 자랐으면 좋겠다. 말이 통하는 기쁨을 누리는 사려 깊은 대화 상대가 되기를, 그리고 조금 더 욕심을 부려 우리가 오래오래 서로에게 좋은 대화 상대로 남기를.

# 나의 내적 육아 동지를 소개합니다 (상)

현실 육아 동지도 소중하지만 어딘가에 나와 비슷한 고민을 하며 아이를 키우고 있는 사람들이 있다는 걸 확인하는 건 늘 큰 위안과 용기가 되었다. '나만 이게 문제라고 생각한 게 아니구나' 같은 느낌이랄까. 아이들을 고정관념으로부터 자유롭게 키우고 싶어 하는 이들은 세상에 꽤 많았다. 가끔 떠올리며 (나 혼자) 내적 동지애를 키워나가고 있는 분들의 이야기를 소개해본다.

〈더 마스크 유 리브 인〉

미국에서 제작된 이 다큐멘터리는 아주 단순한 질문에서 출발한다. 부모로부터, 선생님으로부터, 미디어로부터 "남자답게 행동해라" 혹은 "울지 마라" "계집애처럼 굴지 마라" 같은 메시지를 주입받은 남자아이들은 커서 어떤 남자들이 될까. 영화는 에두르지 않는다. 곧장 가해자의 90%가 남성인 총기사고, 살인, 성폭행, 집단강간, 대량학살을 언급한다. 심리학자, 풋볼 코치, 교육자, 뇌 과학자와 같은 전문가들이 하나같이 지적하는 것은 '남성성'이라는 것은 사회적으로 만들어진 개념에 불과한데 많은 남성이 여기에 자신을 끼워 맞추려고 하면서 스스로나 사회에 많은 비극이 발생한다는 것이다. 무엇보다 이 작품이 변화를 만들어가자고, 이제 당신이 움직일 때라고 호명하는 대상이 엄마가 아니라 '아빠' 내지는 '성인 남성'이라는 점이 가장 마음에 들었다. 남자아이들이 왜곡된 남성성에 얽매이지 않도록 제대로 된 롤모델이 되라고, 함께하자고. 남자가 먼저 나서서 얘기한다는 것이 부럽기도 했고 든든한 동료를 만난 기분이기도 했다. 남자아이를 키우는 양육자들, 특히 아빠들이 꼭 봤으면 좋겠다. 넷플릭스에서 시청 가능하니 참고하시길!

『당황하지 않고 웃으면서 아들 성교육 하는 법』 (다산에듀)

관계교육연구소의 손경이 대표가 쓴 아들 성교육 책이다. 손경이 대표를 알게 된 건 〈닷 페이스〉에 아들과 함께 출연한 '엄마와 아들의 성교육 상담소'를 통해서였다. 성적 이슈에 대해 서로의 생각을 격의 없이 주고받는 그 영상들을 보는 내내 '세상에! 내가 찾아 헤매던 선배님이 여기에 계시잖아!' 같은 마음이었다. 아들을 잘 키우기 위해 직접 성을 배워 성교육을 하고 그러면서 성교육 전문가가 된 엄마의 이야기라니. 남자아이에게 예민한 젠더 감수성을 길러주고자 하는 나에게 이보다 더 필요한 책은 없었다. 이 책을 통해 그간 잘 몰랐던 유·아동 성교육에 대해 배운 것이 정말 많다. 성에 대한 대화는 아주 어려서부터 나눌 수 있고 또 나눠야 한다는 것, 아이와 스킨십을 할 때부터 아이를 존중하라는 것, 아들 성교육을 아빠가 해야 한다는 것은 편견이라는 것 등등. 모두 내게는 큰 도움이 되었다. 시리즈로 『움츠러들지 않고 용기있게 딸 성교육 하는 법』도 나와 있다.

〈SBS 스페셜: 어떻게 영재가 되는가〉

2016년 1월, 〈SBS 스페셜〉의 주제는 "어떻게 영재가 되는가—섬세한 아빠, 터프한 엄마"였다. 일종의 실험 다큐멘터리로 아직 성 고정관념이 뚜렷하지 않은 일곱 살 아이들을 3개월간 성평등 교육기관에 보내고, 이들이 어떻게 변했는지 그 과정을 보여준다. 제작진이 주목한 것은 성역할 고정관념에서 자유로운 아이일수록 창의력 발달에서 남다른 성과를 보인다는 점이었다. 핵심은 틀에 박히지 않은 유연한 사고. 편견에서 자유로운 아이들은 융통성을 발휘해 문제를 해결하며 주도적인 모습을 보이고 또래 친구들 사이에서도 대체로 원만한 관계를 유지한다. '양성성'이라는 것이 한 개인에게 얼마나 소중한 속성인지, 그 가치를 존중하는 교육이 실제로 아이들에게 얼마나 많은 가능성을 열어주는지 볼 수 있다.

『핑크와 블루를 넘어서』(창비)

발달심리학자인 크리스티아 스피어스 브라운의 책으로 우리가 과학적 사실이라고 생각하는 성별 간의 차이가 실은 사회적으로 만들어진 고정관념에 가깝다는 것을 다양한 연구결과를 통해 보여준다. 예를 들자면, '수학'은 여전히 남자아이들이 더 잘한다고 여겨지지만, 실제로 고등학교 땐 여자아이들의 수학 성적이 더 높다. 그런데도 여자아이들은 자신의 수학 능력을 과소평가하고 자신의 미래에서 수학과 수학적인 것들을 제거하게 된다. 이처럼 '정말 그럴까?'라고 의문을 품어왔던 많은 통념이 실제로 편견이었다는 사실을 통계적 수치와 전문가의 해석을 통해 확인하게 되는 과정은 통쾌하기까지 하다. 무엇보다 작가가 두 딸아이를 '젠더 중립적'으로 키우려 노력하는 양육자이기도 해서 실제 경험에 기반한 고민들과 시행착오, 노하우 등을 참고할 수 있어 좋았다.

### 초등성평등연구회

페미니즘 교육을 연구하는 초등학교 교사들의 모임. 연구회에서 진행하는 여러 활동을 보면서 아이들의 사회와 문화가 바람직한 방향으로 나아갈 수 있도록 고민하시는 파수꾼 같은 분들이라는 인상을 받았다. SNS, 블로그, 칼럼 등을 통해 '여자답게'나 '남자답게'가 아니라 '나답게' 자라날 수 있도록 돕는 방법을 고민하는 선생님들과 아이들의 이야기를 만날 수 있다. 특히 그들의 블로그에는 실제 초등학생들을 대상으로 한 수업 자료가 업데이트되어 가정 내에서도 활용도가 높다. 페미니즘에 대한 아이들의 생생한 의견과 반응을 살펴볼 수 있다는 게 가장 감사한 부분이다. 선생님들이 함께 쓴 책『학교에 페미니즘을』,『어린이 페미니즘 학교』

에서는 지금 이 시대 어린이들의 문화, 또래 관계를 조금이나마 알 수 있어 큰 도움이 되었다.

### 우따따

2019년 6월 오픈한 '우따따'는 성평등 그림책 큐레이션 서비스다. 영유아 콘텐츠가 견고한 성차별적 묘사를 재현하며 성별과 관련된 편견을 재생산한다는 문제의식에서 출발한 것으로 아이들이 좀 더 건강한 사고를 할 수 있도록 돕는 동화책을 골라 제공한다. 등장인물 설정 및 묘사가 성차별적이거나 성 고정관념이 들어가 있진 않은지를 주요 기준으로 삼되 성평등 주제 이외에 이야기 자체의 흥미성도 고려한다고. 매달 선별한 그림책 네 권과 책의 내용을 이해하고 사고를 확장할 수 있도록 도움을 주는 워크북을 함께 보내준다. 아이를 키우는 데 있어 어떻게 여성주의적 시각을 반영하고 실천할 것인지를 고민하는 양육자들에게 추천하고 싶다.

# 2장

# 아이로
# 키우고 있습니다

# 네?
# 아들이라고요?

하마터면 진료 침대에서 벌떡 일어나 앉을 뻔했다. 임신 20주, 정밀 초음파를 보며 태아의 허벅지 둘레를 재던 선생님은 "여기 보이시죠?"라며 화면에 동그라미를 쳤다. 얼마나 여러 번 치던지, 대체 무엇인지는 모르겠어도 하여튼 굉장히 중요한 것이라는 느낌이 왔다. 미간을 잔뜩 찌푸리며 집중하고 있는데 세상에 이상한 말이 들리는 게 아닌가.

"아들이네요!"

## 사실은 여자아이를 바랐다

초음파실에서 "하하하하하! 아들이라고요?" 하며 너털웃음을 짓곤 버스를 타고 집으로 돌아오는 내내 궁금했다. 나는 대체 왜 그렇게 놀랐던 걸까. 어차피 딸 아니면 아들, 50 대 50의 확률일 뿐인데.

몇 가지 심증은 있었다. 일단 확실하진 않다고 했지만 16주 정기검진 때 '딸인 것 같다'는 얘길 들었다. 그러니까 내게 아들은 일종의 반전이었던 셈이다. 하지만 그저 그것뿐이라기에는 온종일 머릿속이 복잡했다. 돌이켜보면 내 머릿속에서 아기는 언제나 '여자아이'였다. 상상 속 아이는 나와 같은 모양의 원피스를 입고 남편의 발등 위에서 왈츠를 추고 있었다.

조금 더 솔직해져보자. 사실 나는 딸아이를 바라왔다. 그런데 성별을 확인한 순간, 우리 둘만의 세계에서 서로의 감각을 공유하던 아이와 나 사이에 갑자기 백만 년쯤 되는 거리가 생긴 기분이었다. 이걸 달리 어떻게 설명할 수 있을까. 변명을 좀 해보자면 나는 외동딸이고 가까운 친척 중에도 남자아이가 없었다. 그래서인지 남자아이라는 존재 자체가 내게 무척 낯설었다. 나는 여자로 태어나 평생을 여자로 살아왔고, 아무래도 앞으로 여자아이가 겪게 될 일들을 더 잘 알고 있다. 그렇기 때문에 아이가 딸이라면 이해하고 키우는 데 좀 더 수월하지 않을까 싶었다. 하지만 남자아이라면? 그야말로 내가 모르는 미지의 세계에서 온 미스터리한 존재 아닌가! 아들을 키우는 내 모습이 잘 상상되지 않았다. 내가 남자아이를 잘 이해할 수 있을까? 자신이 없었다.

그런데 생각해보니 좀 이상했다. 아이의 성별이 무엇이든 내가 오로지 그 아이의 엄마라는 이유만으로 아이를 가장 잘 이해하는 사람일 수는 없다(세상에서 나를 제일 잘 이해하는 사람도 엄마가 아니다). 이게 무슨 모성 판타지란 말인가. 나는 완전히 잊고 있었다. 아이가 여자이건 남자이건 그런 것과 전혀 관계없이 나는 서투를 것이고 실수할 것이고 우리는 상처를 주고받을 것이고 용서를 구할 거라는 사실을 말이다. 게다가 낳는 건 온전히 내 몫이겠지만 아이를 키우는 것은 나와 남편의 일이다. 소녀였던 내가 짐작할 수 없는 일들은 소년이었던 남편이 채워갈 것이다. 여기까지 생각이 정리되자 마침내 거대한 진실과 마주한 기분이었다. 나는 인정할 수밖에 없었다. "아들이네요"라는 말을 듣는 순간, 내가 떠올렸던 건 다름 아닌 내가 살면서 마주쳤던 수많은 남자들이었단 사실을.


아이가 그 남자들처럼 되면 어떡하지?


문제는 그들이 대체로 무례하고 비열했으며 때로는 범죄자이기까지 했다는 점이다. 야자 시간에 나를 아무도 없는 교무

실로 불러 문제집을 한 권 건네곤 내 허벅지를 주무르던 국어 선생부터 이자카야에서 합석했다가 같이 노래방에 가자는 제의를 거절하자 일주일이 넘게 휴대폰에 욕설과 협박이 담긴 음성 메모를 남기던 옆 학교 학생, 최종 면접에서 내게 "여대 나왔네?"라는 단 하나의 질문만을 던졌던 한 방송국의 사장. 회식 자리가 무르익어갈 때면 "야메떼! 기모찌가 와루이요(일본 포르노 영상에 자주 등장하는 대사)"를 외치던 차장과 야근 후 겨우 잡아탄 택시에서 내가 지금 아가씨를 납치하려고 하는 거면 어떻게 할 건지 한번 말해보라며 킬킬대던 기사까지. 나이도 직업도 다양했던 '남자들'의 얼굴이 자동 재생된 거다. 자신의 성별을 무기 삼아 되지도 않는 행패를 부리던 그들의 얼굴이.

사람들은 곧 세상에 나올 아이에 대해 이런저런 바람을 갖는다. 나 역시 그랬다. '건강하게만 자라다오'부터 시작된 이 소망들은 생각하면 할수록 끝없이 늘어났다. 하지만 그중에서 단 하나만 꼽는다면 나는 나의 아이가 페미니스트가 되기를 바랐다. 바탕이가 모두가 평등한 사회에서, '여자답게' 혹은 '남자답게' 말하고 행동하라는 압박이 없는 세상에서 살아가기를 바랐기 때문이다.

하지만 태어난 지 얼마 안 된 어린아이들에게조차 성별을 나눠 "여자애라 조용하구나" "남자애라 씩씩하네"라고 말하고, 아이의 선물을 고를 때면 성별부터 묻는 사회에서 이 길은 너무도 험난해 보였다. 여자애 키우기 무서운 세상이라고들 하지만 또 다른 의미에서 남자애 키우기도 무서운 세상이다. 나의 아들이 나를 불쾌하게 했던, 또 절망스럽게 만들고 때론 공포에 떨게 했던 그들처럼 될까 봐 나는 정말 두려웠다. 나에겐 세상이 만들어낸 편견과 고정관념을 아이에게까지 물려주지 않을 책임이 있었다. 나는 아이가 제일 처음 만나는 사람이자 사회이니까.

여전히 두렵다. 당장 유치원만 가도 남자아이는 자신에게 예쁘다고 하지 말고 멋지다고 해달라 요구한다는 이야기도 들었고, 한 초등학교 교실 게시판에 붙어 있는 '남자에게 인기 없는 여자' 설문조사 결과에 삐뚤빼뚤한 글씨로 '김치녀'라고 적혀 있는 사진도 봤다. 그럴 때마다 과연 내가 할 수 있는 일이 있긴 한 걸까 하는 암담한 마음이 든다. 하지만 그렇다고 해서 손 놓고 있을 수는 없는 일이다. 한 명의 페미니스트 동료를 더 만들어내는 것. 그것이 지금 내가 페미니스트로서 할 수 있는 최선이니까.

## 뽀뽀는 내가 하고 싶을 때
## 하는 거야!

아무리 시간이 지나도 익숙해지지 않는 게 있다. 다들 정말 너무 아무렇지 않게 아이를 만진다는 것. 씻었는지 어쨌는지 알지도 못하는 손으로 아이의 뺨을 만지고 꼬집고 손발을 만지작거릴 때면 제발 그만 좀 하라고 외치고 싶다. 아이가 유모차에 누워 있기만 하던 시절에는 아이가 꼼짝없는 신세라 그러는 줄 알았다. 아이가 나름대로 의사 표현을 할 줄 아는 시기가 되면 좀 덜하겠지 싶었는데 꿈도 컸지…. 아이가 '좋고 싫음'을 충분히 표현하고 또 제법 말을 하게 될 줄 알자 사람들은 아이에게 어떤 '요구'를 하기 시작했다. "뽀뽀 한번만 해달라"고. 더 웃긴 건 아이가 거절하면 온갖 불쌍한 표정에 흑흑 우는 시늉을 하며 '슬프다'고 '한 번만 해달라'고 조른다는 점이었다.

## 싫은 건 싫다고 말할 줄 아는 아이

바당이는 크게 낯을 가리는 편은 아니지만 그렇다고 처음 만나는 사람의 손을 덥석 잡고 안기는 아이도 아니다. 아이들이 대체로 그렇듯이 말이다. 아이들은 사람들이 자기를 만지는 걸 그다지 좋아하지 않는다. 바당이도 마찬가지였다. 귀엽다며 볼을 꼬집고 몸 여기저기를 쿡쿡 찌르는 행동들을 아이는 좋아하지 않았다. 얼굴을 돌리며 피하고 표정이 굳어졌다. 또 뒤로 숨거나 내 품을 파고들었다. 아이 입장에서는 명백한 "싫어요"였다. 하지만 그런 아이의 거부 의사를 존중해주는 사람은 거의 없었다.

우리는 아이가 조금 크고 나서부터 아이의 몸을 함부로 만지지 않았다. 또 바당이에게 어렸을 적부터 반복적으로 해준 얘기가 있다. 남편과 나는 언제나 "뽀뽀해도 돼?"라고 먼저 허락을 구했고, 누군가 뽀뽀를 해달라고 하거든 네가 하기 싫으면 안 하는 것이며, 어른들이 해달라고 해도 안 해도 된다 등 뽀뽀에 관해서는 다른 사람 기분 같은 건 신경 쓰지 말라고 말해줬다. 그리고 가족들에게도 이야기해뒀다. 뽀뽀하기 전엔 반드시 아이에게 먼저 물어보라고 말이다.

아이들은 아주 어릴 때부터 '자기 결정권'이 무엇인지 알려

쥐야, 타인의 몸 역시 존중하는 법을 배울 수 있다는 구절을 읽은 적이 있다. 이 인상 깊은 구절은 내 안에 콕 박혀 뽀뽀 훈육으로 이어졌다. 그리고 이 뽀뽀 훈육은 실제로 효과가 있었다. 바당이는 두 돌에 가까워졌을 때부터 그게 누구든 누군가 뽀뽀나 포옹을 해달라고 하면 "아냐, 내가 하고 싶을 때"라고 거절할 줄 알게 됐다.

때마침 원에서도 비슷한 교육을 받은 게 시너지 효과를 낸 듯 했다. 바당이네 원에서는 2주마다 안전과 관련된 책을 한 권씩 읽고 그 후에 집으로 보내주시는데 지난 주제가 바로 '몸의 소중함'이었다. 친구 몸을 몰래 보거나 만지는 것, 누군가 내 몸을 만지는 것 모두 나쁜 일이며 아무리 어른이어도 내가 원치 않는 스킨십은 할 수 없다는 것이 주요 내용이었다. 바당이는 선생님, 친구들과 함께 읽어 더 인상 깊었는지 비슷한 얘기만 해도 "삐! 안돼요!"라며 손가락으로 'X' 표시를 만들었다.

그러니까, 세상은 변하고 있다. 어른들의 말이라면 일단 듣는 것이 바람직한 어린이의 덕목이던 시절은 여러 가지 이유로 끝난 지 오래다. 미아방지교육에서도 모르는 어른이 도움을 요청하면 거절하고 주변의 다른 어른을 찾으라고 가르친다. 아이들이 어른들에 비해 늘 약자이며 아이들의 기분과 의사 역시 존중해야 한다는 점을 강조하는 모양새다. 이런 걸 보면 이게 올바른 방향이고 어려서부터 아이들에게 '존중'을 가르쳐야 한다는 합의가 있는 것 같아 다행스러운 한편 '과연 어른들은 이만큼 배우고 있나?' 그런 생각이 든다.

어쩌면 아이들은 충분히 배우고 있는지도 모른다. 아이들은 이미 정해져 있는 이 세계의 룰을 배우기 위해 매순간 애쓴다. 그런데 과연 어른들도 그만큼 배우고 있나? 아니 배우려고는 하나? 요즘엔 그런 생각이 많이 든다. 한 쪽만 배우고 있다면 이제는 다른 한 쪽도 함께 배워야 할 차례 아닐까.


노 민즈 노!


여전히 아이 의견을 묵살하는 어른들 투성이다. 아이가 직접적으로 '싫어' '하지 마'라는 말을 해도 왜 그러냐며 계속 장난치는 사람들이 집집마다 꼭 한 명씩 있다. 뽀뽀를 안 해주겠다며 휙 돌아서는 아이에게 "왜 그렇게 비싸게 구냐"라고 말하는 사람도 봤고 자신의 의사가 계속 무시당하자 분한 마음에 우는 아이를 보곤 귀엽다며 깔깔 웃고 사진을 찍는 사람도 봤다. 이 사람들에게 대체 아이들이란 뭘까 궁금해진다.

무엇보다 어른들의 이런 행동은 이중 메시지가 된다. 아이는 분명히 상대방이 싫어하면 멈춰야 한다고 배웠는데 정작 자신은 그런 대우를 받지 못하니 혼란스러울 수밖에 없다. '누가 싫다고 해도 무시하고 계속해도 되는구나'라고 여기게 되는 것이다. 아이를 키울수록 "아이를 키우는 데는 온 마을이 필요하다"라는 말을 절감한다. 양육자에게 가장 중요하게 요구되는 것이 '일관성'이다. 그런데 아무리 양육자와 기관에서 아이에게 일관성을 가지고 가르친다 한들 아이가 만나는 사람들이 그 본보기에서 어긋난다면, 배움의 말들과 정반대의 상황을 반복적으로 경험한다면, 그 말들은 힘을 잃고 만다.

아이를 나와 동등한 존재로 존중하면서 동시에 보호하고 또 지도한다는 것은 어려운 일이다. 아이를 키우는 입장에서도 그게 가장 헷갈리고 매 순간 내가 제대로 하고 있는지 돌아보게 된다. 그래서 내 나름대로 세운 기준은 '나는 이 행동을 아이가 아닌 성인에게도 할 수 있나?'이다. 길을 지나가는 모르는 성인에게 다가가 뽀뽀해달라고, 너무 예뻐서 그런다고 얘기할 수 있을까? 싫다고 거절하면 서운하다며 한번만 해달라고 계속 조를 수 있을까? 사실 모두들 마음속으로는 이미 알고 있는지도 모른다. 세상에 성인에게는 해선 안 되지만 아이에게는 해도 되는 행동 같은 건 없다는 것을.

# 세상에 맞아도 되는
# 아이는 없다。

아이가 아들이라는 걸 확인했을 때의 혼란은 사실 임신 기간 내내 지속됐다. 거기에는 주변 사람들의 반응도 한몫했다. 일단 바당이가 아들이라는 소식을 들은 대부분의 사람들이 나에게 위로를 건넸다. 나는 얼떨떨한 기분으로 그 인사들을 받고는 남자아이를 어떻게 키워야 할지 모르겠다는 고민을 털어놓곤 했는데 비슷한 얘기들이 돌아왔다. "남자애는 때려야 한다"는 것이었다. 그리고 그런 이야기는 끝을 모르고 계속 이어졌다.

"어쨌든 남자애들은 더 크기 전에 기를 꺾어놔야 한다."

"한 번 되게 맞아야 애가 눈빛도 수그러들고 말도 좀 듣지."

"그래야 엄마를 우습게 안 봐."

내게 그런 조언을 해준 사람들이 평소에도 이상한 사람들이었다면 오히려 그러려니 했을지도 모른다. 하지만 전혀 그런 사람들이라 생각하지 않았기 때문에 더 혼란스러웠다. 상식적이고 다정한 사람들이 내게 아동학대범이 되라는 말을 서슴없이 하고 있었다.


## 폭력의 기억

폭력에 대한 내 최초의 기억은 고등학교 1학년 때다. 미술 시간, 과제를 가지고 나가 한 사람씩 검사를 맡던 중 갑자기 선생님이 한 친구를 때리기 시작했다(나중에야 친구의 카디건 단추가 떨어져 있었고 어쩌다 그랬냐는 선생님의 말에 "그냥 떨어졌는데요"라고 대답한 게 발단이 되었다는 걸 알았다). 친구의 얼굴로 손바닥과 주먹이 쉴 새 없이 날아들었다. 뺨을 치기도 하고 반쯤 쥔 주먹으로 코를, 이마를 가격하기도 했다. 나는 그 자리에 있으면서도 도대체 내가 뭘 보고 있는 건지 믿을 수 없었다. 내가 '육체적 폭력'을 목격한 것은 그때가 처음이었다. 나는 소리가 새어 나올 것 같아서 두 손으로 입을 틀어막고 있었다. 교실 좌측에 있던 교탁 앞에서부터 맞으며 뒷걸음질 치던 친구는 어느새 앞문까지 내몰렸고, 선생은 문을 열고 그대로 친구를 복도로 내쫓았다. 그리고 아무렇지 않다는 듯 돌아와 우리를 웃기기 시작했다. 정말이다. 그 사람은 갑자기 우리를 상대로 자기가 아는 온갖 농담들을 늘어놓았다. 나는 그것만으로도 기함할 듯이 놀랐는데 친구들이 박수를 치며 깔깔대기 시작하자 정말이지 눈물이 날 것 같았다. 어떻게 불과 5분 전에 우리 앞에서 같은 반 친구를 무자비하게 폭행했던 사람이 하는 이야기에 맞장구를 쳐줄 수 있는지. 지금 복도에 서 있는 친구는 이 웃음소리를 들으면서 얼마나 외롭고 슬플지. 너무 두려웠던 기억이 난다.

한참 지나고 대학생이 되어 친구들과 그때 이야기를 한 적이 있었다. 그때 알게 됐다. 우리 반 친구들 대부분이 다녔던 중학교에서는 이미 그런 종류의 체벌 혹은 폭력이 비일비재했다는 것을. 나는 먼 동네에서 이사를 온 전학생이었고 내가 졸업한 학교에서는 그런 일이 없었다. 손바닥을 때리거나 기합을 주는 식의 체벌은 있었지만 그런 무자비한 폭력은 당한 적도, 본 적도 없었다.


모든 폭력으로부터 자유로운 세상

최근에 한국의 가족주의 안에서 아동의 인권이 어떤 현실에 놓여 있는지를 여실히 보여주는 『이상한 정상가족』이란 책을 읽었다. 그중 '아동학대'와 '체벌'에 관한 부분을 읽으면서 다시 한번 그 일을 떠올리게 됐다. 유엔아동권리위원회는 '체벌 근절'이 사회에서 모든 형태의 폭력을 줄이고 방지하기 위한 핵심 전략이라고 이야기한다. 어린 시절에 학대를 경험한 사람이 나중에 폭력성을 띠는 경향이 크다는 연구 결과들은 이미 많이 나와 있고, 학대 수준까지 가지 않더라도 체벌을 받으면 자란 아이는 훗날 데이트 폭력을 저지를 위험이 커진다는 연구가 발표되기도 했다. 연구를 주관한 미국 텍사스주립대 의대 정신과 제프 템플 교수팀은 "부모가 사랑과 훈육을 이유로 들며 가하는 체벌은 사랑과 폭력 간의 경계에 대한 혼란을 일으킨다"라고 밝혔다.

우리 반 아이들이 친구가 맞는 걸 보고도 별다른 충격 없이 가해자의 말에 웃으며 화답해준 게 어쩌면 그런 일이 아니었을까. 폭력을 경험한 사람은 폭력에 둔감하다. 결국 또 다른 폭력 상황에 적절히 대처하지 못하도록, 순종적으로 받아들이도록 만든다. 그야말로 피해자가 가해자가 되는 악순환이다.

어떤 이유가 있더라도 사람을 때려서는 안 된다. 그게 우리가 살아가는 사회의 규칙이다. 그렇다면 아이들도 당연히 그 규칙에서 예외가 되어서는 안 될 것이다. 남자아이도 마찬가지다. 남자아이는 거칠게 다뤄도 되고 또 그래야 한다는 편견이 여전히 뿌리 깊게 존재하는 것 같다. 남자아이들은 원래 맞으면서 자라야 한다거나, 맞아야 정신 차린다 같은 말들. 남자아이들이 맞는 것을 대수롭지 않게 여기고 스스로 내가 '맞을 만하다'고 생각하게 되는 것의 끝에는 뭐가 있을까. 사람을 때리면 안 된다고 가르치는 동시에, 그런데 특정 사람들을 향해서는 폭력이 허용된다고 말하는 것. 그게 결국 누군가에게는 '어떤 사람은 때려도 된다'는 논리를 만들어주는 일 아닐까.

내 아이가 자신에게 가해지는 모든 폭력에 단호하게 맞설 수 있는 사람이 되길 바란다. 그러기 위해서는 먼저 모든 아이가 모든 폭력으로부터 보호받아야 한다. 나는 아이가 피해자가 되지 않기를 바라는 만큼 가해자 또한 되지 않기를 바란다. 그리고 이 두 가지가 사실은 동시에 이뤄질 수 있는 일이라 믿는다. 아이의 인생에 애초부터 폭력의 역사를 만들지 않는 것. 그게 바로 내가 이 아이를 제대로 키우는 일 중 하나일 것이다.

# 나는 가해자의
# 엄마입니다.

　　아이를 낳고 기르면서 나도 모르게 피하는 이야기들이 생겼다. 그게 무엇이든 아이들에게 아주 슬픈 일이 일어나는 이야기들을 나는 이제 거의 읽지 못한다. 김애란 작가의 『바깥은 여름』을 읽다가 얼마나 울었는지. 곤히 자고 있는 아이 얼굴을 수십 번 쓸어보며 아이가 어서 깨어나 '엄마' 하고 불러주기만을 기다렸었다. 그러니 뉴스들은 더했다. 도저히 끝까지 볼 수가 없었다. 가정에서, 또 보육시설에서 벌어지는 아동학대 사건들은 물론이고 난치병에 걸린 아이들, 불의의 사고를 당한 아이들의 이야기까지. 하지만 그게 끝이 아니었다. 정말로 나를 두렵게 한 뉴스들은 따로 있었다.

　"제자에게 성희롱당한 여교사 해마다 증가"

　"초등학생이 '앙 기모띠'… 교실에 퍼진 '여성혐오'"

　"유튜브로 '엄마 몰카' 올리는 초등생… 교사 성희롱까지"

"사각지대 놓인 '유아 간 성추행', 가해아동 교육, 치료는 나 몰라라"

이 두려움은 이전의 것들과는 그 깊이도 무게도 전혀 달랐다. '피해자' 자리에 있던 내 아이를 '가해자'의 자리에 두는 것이었기 때문이다.


## 내 아이는 내가 제일 잘 안다는 착각

아무래도 자기 자식의 얼굴에서 가해자를 떠올린다는 건 특별한 계기 없이는 어려운 일이자 그 자체로 금기시되는 일인 것 같다. 아이를 처음 학교에 보내는 양육자들이 하는 가장 큰 걱정 중 하나가 '혹시 따돌림을 당하지 않을까' '학교 폭력을 당하지 않을까'인 걸 떠올려보면 말이다. 엄연히 아이들 사이에서 벌어지는 사건인데도 '내 아이가 누군가를 따돌리면 어떡하지' '누군가에게 학교 폭력을 저지르면 어떡하지' 그런 걱정을 하는 양육자는 보기 어렵다. 팔은 안으로 굽기 때문일까, 아니면 생각만으로도 감당하기 힘든 일이라 본능적으로 피하게 되는 걸까. 여러 생각이 들던 와중에 이 책을 만났다.

『나는 가해자의 엄마입니다』는 1999년 미국 콜럼바인 고등학교에서 발생한 총격 사건의 가해자인 딜런 클리볼드의 엄마 수 클리볼드가 쓴 책이다. 제목과 짤막한 광고 내용만 듣고도 대략적인 내용은 짐작이 갔지만 막상 서점에 가서 책의 실물을 보고는 멈칫했다. 이 책의 표지가 다름 아닌 딜런과 수의 사진이었기 때문이다. 금발의 남자아이가 손에 장난감을 쥔 채로 장난스러운 표정을 짓고 있고, 그 옆에 앉은 엄마가 턱을 괸 채로 아이를 바라보고 있었다. 십수 년 후에 그 남자아이가 무슨 일을 저지르게 되는지, 그래서 그 엄마가 어떤 책을 쓰게 되는지를 결코 떠올릴 수 없는 사진이다. 내가 아이를 기르고 있지만, 정작 내 아이가 무엇이 될지는 절대 알 수 없다는 것. 그것이 양육자로서 내가 가진 가장 근원적인 공포이기에 이 책을 과연 다 읽을 수 있을지 확신이 서지 않았다.

딜런의 가정은 평범하고 화목했다. 엄마와 아빠는 천성이 너그럽고 애정이 많은 사람들이었다. 특히 수는 대학에서 장애인들을 가르치며 사회적 약자에 대한 관심이 컸고 아이들을 윤리적으로 키우기 위해 애썼다. 둘은 말하자면 모범적인 양육자였다. 그럼에도 딜런은 끔찍한 범죄를 저질렀다. 또 자기 자신을 혐오했고 없애버리고자 했다(딜런은 사건 직후 자살했다). 대체 어쩌다 그런 일이 벌어진 걸까. 사실상 책은 이 질문에 대답하기 위한 수의 필사적인 노력이다. 책은 그녀의 뼈

저린 후회들로 가득하다. 아이를 아주 잘 안다고 생각했던 자신에 대해서, 아이가 취약한 상태에 놓였음을 알려주던 사인들을 그저 '그 또래 남자아이들의 일'이라고 간과했던 일에 대해서.


나는 과연 그럴 수 있는 사람일까


바당이는 이제 막 두 돌이 지났다. 아이는 여전히 하루 대부분의 시간을 나와 보낸다. 나는 아이의 일상을 가장 가까이서 지켜보는 사람이자 사실상 아이가 경험하는 거의 모든 일들이 일어나게끔 하는 사람이다. 솔직히 지금은 내가 아이에 대해 모르는 것은 단 하나도 없다. 오늘 아이가 몇 시에 일어나서 몇 시에 잠들었는지, 무엇 때문에 울었는지, 점심에는 어떤 반찬을 잘 먹었는지, 그림책의 어떤 장면에서 까르륵 웃었는지. 아이에 대해서라면 속속들이 알고 있다. 하지만 이 시절은 곧 막을 내릴 것이다. 아이는 자라면서 점점 내가 모르는 자신만의 시간과 공간, 또 사람들을 갖게 될 것이다. 우리는 결국엔 완전한 타인이 될 것이다. 나와 내 부모가 그랬듯이.

그럼에도 불구하고 교실에서 선생님을 성희롱하고, 잠든

엄마의 영상을 찍어 '엄마 몰카'라는 제목으로 유튜브에 올리며, 같은 반 여자아이에게 '김치녀' '느금마' '앙 기모띠'라는 말을 수시로 내뱉는다는 기사 속 가해자들에게 내 아이의 얼굴을 대입해보기란 어려운 일이다. 너무 고통스러운 일이기 때문이다. 하지만 할 수 있어야 하지 않을까. 내 아이가 상대를 존중할 줄 모르고 타인의 감정을 헤아릴 수 없을 정도로 위험한, 그래서 도움이 필요한 상태에 처할 수도 있다는 사실을 말이다. 내 괴로움을 이유로 아이의 마음을 외면하고 그저 내 아이는 절대 그럴 리 없다고 단정 짓는 게 정말 아이에게 도움이 되는 일일까. 제아무리 부모 자식 사이라 해도 결코 서로를 다 알 수도 이해할 수도 없는데 말이다. 나와 내 부모만 떠올려봐도 금방 와 닿는 일을 내 자식과 나에게 적용하기란 왜 이리 어려운지 모르겠다.

수는 결국 자신의 실패를 인정한다. 하지만 아이를 향한 애정까지 거두지는 못한 그녀는 누군가를 사랑한다면, 그 사람의 선한 면과 악한 면까지 사랑해야 한다고 말한다. 앞으로 아이의 시간들이 내가 짐작조차 하지 못한 얼굴들로 채워질 거라는 사실을 곱씹을수록 한 가지 생각이 머릿속에서 떠나질 않는다.

내가 과연 그런 사랑을 할 수 있는 사람일까.

# 아들 키우는 법,
# 따로 있다?

    사실 끝까지 읽은 육아서가 별로 없다. 바당이를 가졌을 때 한창 파멜라 드러커맨의 『프랑스 아이처럼』이라는 책이 유행이었는데 잘 와닿지가 않았다. 모든 게 '케이스 바이 케이스'이듯 육아는 결국 '애 바이 애'라는 나의 몇 안 되는 육아 철학 때문이었을까. 물론 그렇지 않은 책들도 있었지만 대체로 책에서 말한 대로 하지 않으면 뭔가 큰일이 날 것 같고, 내가 그리 좋은 엄마가 아니라는 사실만 확인받는 것 같았다. 그 조바심과 불안감이 내게는 별 도움이 되지 않는 감정이라 육아서에 손이 잘 가지 않았다. 하지만 자아가 폭발하고 본격적인 떼쓰기가 나타나는 24개월이 되자 전문가들의 확실한 가이드라인이 절실해졌다. 아이의 감정을 헤아려주면서도 기본적인 규칙을 알려줄 수 있는 방법, 아이의 생떼에 올바르게 대처하는 방법 등을 배우기 위해 본격적으로 육아서들을 찾아 읽게 됐다.

그러다 흥미로운 사실을 발견했다. 양육서 역시 '딸 키우는 법' '아들 키우는 법'으로 양육법을 구별 짓고 있다는 것, 그리고 그중에서도 '아들 키우는 방법'에 대한 책들이 압도적으로 많다는 것이었다. 사실 양육자들 사이에서는 '남자아이가 여자아이보다 키우기 힘들다'는 공공연한 믿음이 있는데, 그 때문일까. 일단 몇 권의 책을 골라 읽어봤다.

아들을 키우는 방법은 굉장히 다양했는데, 부모는 아들의 있는 그대로의 모습을 존중해야 한다거나, 인정과 존중을 받는다고 느끼는 남자아이들은 스스로 최고의 모습을 보여준다 등 특별한 내용을 기대했던 나로서는 대체로 싱겁게 느껴졌다. 굳이 '아들'이나 '남자아이'라는 말을 쓸 필요가 있나 싶을 정도였다. 성별을 특정하지 않고 '아이들'이라고 표현했어도 아무 무리 없을 내용이었다.

이것저것 찾다 보니 남자아이만을 상대로 수업을 하는 미술 학원도 성행하고 있었다. 이 학원의 창립자는 본인을 '남아 미술 교육 전문가'로 소개했다. 과거에 했던 인터뷰를 찾아보니 창의력은 저항 정신에서 나오는 건데 그런 특성은 남자애들에게서 많이 발견된다고 했다. 남성들에게는 자신의 길을 개척하고 싶어하는 욕심이 있다고. 여기까지 읽고는 그만뒀다. 참나, 여자는 뭐 안 그런 줄 알아요?


## 다르고도 같고, 같고도 다른 아이들

여자아이와 남자아이 사이에는 분명 어떤 차이가 존재한다. 뇌 발달의 속도 차이 때문에 여자아이들이 평균적으로 남자아이들보다 말을 빨리 한다는 게 대표적이다(책『긍정의 훈육: 4~7세 편』에 따르면 이 차이도 학령기에 접어들면 거의 무의미한 수준이 된다고 한다). 하지만 여자아이들이 더 섬세하다거나 남자아이들이 숫자에 더 밝다는 '여자아이와 남자아이는 다르다' 식의 통념들 중 대부분은 과학적 근거가 전혀 없는 말이다. 최신의 젠더 연구들에 따르면, 어디까지가 타고난 것이고 또 어디서부터가 교육과 사회화의 결과인지 구분 짓기는 거의 불가능하다고 한다. 영아기에는 거의 없는 것에 가깝던 젠더 간의 작은 차이가 아동기를 지나면서 점점 커지는 것일 뿐이라고 지적한다. 말 그대로 통념일 뿐이다.

아이를 키울수록 더욱 절감한다. 놀이터에서 아이들 노는 것을 가만히 지켜보고 있자면 바당이와 비슷한 개월 수의 여자 아이들이 확실히 행동반경이 좁고 비교적 활동적이지 않은 경우가 많아 보였다. 처음에는 나도 여자아이와 남자아이의 차이인 걸까 싶기도 했다. 그런데 시간이 흐르면서는 그리 간단한 문제가 아닐 수도 있겠다는 생각이 들었다. 남자아이의 보호자들은 아이가 위험한 곳에 올라가도 크게 제지하지 않고 지켜보길 택하는 반면 여자아이의 보호자들은 좀 더 빨리 아이의 행동에 제재를 가하거나 아이의 관심을 다른 데로 유도했다. 그러니까 성별을 이유로 어떤 행동을 할 가능성 자체가 애초에 주어지지 않기도 하는 것이다. 너무 유명한 말이지만 보부아르의 이 말을 인용하는 수밖에 없을 것 같다. "여자는 여자Sex로 태어나는 것이 아니라 여자Gender로 만들어진다"라는 말을. 여자아이는 여자아이로, 남자아이는 남자아이로 길러진다.


여자답게? 남자답게?


좋아하는 캠페인이 있다. 생리대 브랜드 위스퍼가 제작한 'Like a girl(여자애처럼 해봐)'. 인터뷰 형식의 영상에서 감독은 참가자들에게 여자아이처럼 뛰고 공을 던져보라고 주문한다. 카메라 앞에 선 성인 여성과 남성은 정확히 우리가 상상하는 그대로 뛴다. 성인 여성은 어딘지 모르게 힘이 없고 성인 남성은 몸을 배배 꼬며 웃기까지 한다. 남자아이는 '뭐 이런 시답지 않은 걸 시키냐'는 표정이다. 그러나 여자아이들은, 그러니까 그 문장 속의 당사자인 여자아이들은 그저 숨이 찰 때까지 뛰고 또 뛰고 최선을 다해 공을 멀리 던진다. '여자답게'가 '소극적' '얌전하게' '약하게'라는 말들과 아무 관련이 없다는 것을 당사자들의 에너지로 보여준다. 이 영상을 여러 번 보았는데 볼 때마다 부끄러움과 함께 묘한 쾌감을 느낀다.

여자와 남자는 다르다. 아니, 우리 모두는 다르다. 문제는 그 다름의 뿌리를 '성별'이라는 하나의 기준으로 보기에 우리는 각자 너무도 다르고 다양한 조건들 속에서 존재한다는 것 아닐까. 한 사람을 그 사람으로 만드는 건 엄청나게 복잡한 함수식이다. 한 사람을 구성하는 수많은 카테고리 중 하나를 골라 그게 곧 그 사람의 전부인 양 말하는 것은 너무나 게으른 태도다. 그것도 이제 막 태어나 세상을 배워나가고 있는 이 신인류들에게는 더더욱 말이다.

# 핑크는
# 죄가 없다。

오랜만에 바당이의 동네 친구 지윤이네와 키즈카페를 간 날이었다. 10월 중순이라 키즈카페도 한껏 핼러윈 파티 분위기였다. 한쪽에는 코스튬이 마련되어 있었고 바당이와 지윤이도 입고 싶다며 들어가자마자 옷을 골랐다. 바당이는 망토를 두르고 커다란 고깔모자를 쓰겠다고 했다. 포토존에서 사진까지 찍고 돌아보니 지윤이는 아직 옷도 고르지 못한 채 지윤엄마와 한창 실랑이 중이었다. 지윤이가 사이즈가 너무 큰 핑크색 공주 드레스만을 고집하는 게 사건의 발단인 듯했다.

"지윤아, 근데 이모가 보니까 여기 이 하늘색 드레스도 엄청 예쁘다. 이거 엘사 드레스 같은데!"

(아무 말 없는 지윤.)

"소용없어요. 지윤이 요즘 분홍색만 입겠다고 난리예요."

"어머, 정말요?"

"네, 어린이집 다니면서 친구들 영향을 받는 건지. 이제 공룡도 싫고 시크릿 쥬쥬 카페만 가자고 해서 오늘 여기 오는 데도 얼마나 힘들었나 몰라요."

"지윤이 공룡 진짜 좋아했잖아요."

"그러니까요. 이제 초록색은 오빠 거라고. 자기는 무조건 핑크로 사달래요. 어휴."

결국 지윤엄마는 지윤이의 뜻대로 했다. 옷이 너무 큰 나머지 어깨가 계속 흘러내렸지만 지윤이는 두 시간 내내 그 옷을 벗지 않았다. 지윤엄마는 당혹스럽다고 했다. 위에 오빠가 있기도 하거니와 이 집 역시 딸이라고 해서 공주와 인형만 쥐여주는 분위기와는 거리가 멀었다. 특히 지윤이는 말이 트인 이후부터는 공룡을 좋아해서 공룡 나오는 극장판 만화영화도 진작에 보러 간 친구였다. 겁도 없는 편이고 또래 중에서도 유독 에너지가 넘치는 아이라 오빠랑 공을 차고 뛰어노는 걸 제일 좋아했었다.

그런데 조금씩 달라졌다는 거다. 치마를 입지 않으면 어린이집에 가지 않겠다고 떼를 써서 현관에서 말씨름하는 게 하루 이틀이 아니란다. 어린이 채널에서 광고하는 아동용 화장품 장난감에서 눈을 떼지 못하고 크리스마스 선물로는 네일

스티커를 받고 싶어 한다고 했다. 어린이집 선생님이 치마를 입고 간 날이면 "와, 예쁜 우리 지윤 공주님" 하면서 반겨주는데, 그게 좋아서인지 아니면 반에 친한 여자친구들이 시크릿 쥬쥬를 좋아해서인지 모르겠지만 하여튼 그렇게 됐다는 거다.

참 뾰족한 수가 없는 일이었다. 어쨌든 아이가 좋다는데 그걸 어떡하겠나. 나도 종종 상상해보곤 하는 일이기도 했다. 아이가 언제까지 내가 은근슬쩍 자기 전에 읽어주는 책에 한 권씩 끼워 넣는 여자아이가 주인공인 책들을 좋아해줄까. 잘 입고 다니는 핑크색 패딩이 싫다고 하는 날이 오지는 않을까. 그럴 때 나는 어떻게 해야 하지?


세상에는 다양한 선택지가 있다


지금도 바당이는 나갈 때 신을 신발만큼은 꼭 자기가 고른다. 한겨울에 여름 샌들을 신고 쨍쨍하고 무더운 날에 장화를 신고 나간 게 벌써 여러 번이다. 처음에는 설득도 해보고 회유도 해보고 다른 데로 관심을 끌어 보려고도 했지만 소용없었다. 아이는 확고했다. 무엇보다 본격적으로 자아가 발달하는 시기인 두 돌 전후부터는 아이의 자율성을 존중해줘야 한다는 이야기를 접한 후로 '신발 선택권'만큼은 바탕이에게 일임했다. 이 시기의 양육자들이 지켜야 할 중요한 원칙 중 하나가 "위험하지도 않고 중대하지도 않은 일이라면 웬만한 것은 아이의 뜻대로 하게 두라"였다. 아이가 스스로 선택하고 결정하는 상황을 충분히 많이 만들어주는 것이 긍정적인 자아상 발달에 도움이 된다는 것이다.

그런데, 이게 참 어려웠다. 당연히 아이의 뜻을 존중하고 싶었지만 한편으로 나는 내 아이에게 다양한 선택지가 있다는 것을 알려주고 싶었기 때문이다. 여자의 것과 남자의 것이 늘 따로 있지 않다는 걸 생활 속에서 자연스럽게 느끼게 해주고 싶었다. 그런데 아이가 나의 제안들을 거부한다면? 그 좋고 싫음이 어떤 바탕에서 어떻게 생겨났든 간에 '싫다'고 의사 표현을 하는 아이에게 내 의견을 내세우고 강요할 수는 없는 일이었다. 그게 아무리 바람직한 것이어도 말이다. 아이가 자신의 의견이나 선호를 밝혔을 때 그것이 기존 사회에서 통용되어 온 고정관념이라는 이유만으로 그걸 막거나 아이의 선택지에서 지워버려서는 안 된다는 것, 아이의 의견을 그렇게 간단히 묵살해서는 안 된다는 것이 가장 중요했다.

지윤엄마는 지윤이가 여자, 남자를 나눠서 얘기할 때마다 염불 외는 심정으로 "봐봐. 엄마는 핑크색 별로 안 어울리는데 아빠는 잘 어울리잖아. 그냥 좋아하고 잘 어울리는 걸 고르면 돼" 같은 말을 계속 해준다고 했다. 하긴 정말 핑크가 무슨 잘못이람! 은근슬쩍 누구는 그걸 반드시 좋아하는 것처럼, 누구는 좋아하면 좀 이상한 것처럼 얘기하는 거야말로 잘못된 일이지. 어쩌면 우리가 할 수 있는 것은 고작 그 정도뿐일지도 모른다. 반대쪽 저울에 추를 올리려는 일. 양육자가 먼저 고정관념을 깨뜨리는 사례가 되어주고, 아이가 편견을 접할 때마다 '꼭 그렇지는 않다'고 꼼꼼한 주석을 달아주는 것. 이런 토대를 쌓아가는 게 정말 중요한 일이란 생각이 든다.

아이가 자라면서 스스로 의문을 갖고 대화할 준비가 되면 우리는 좀 더 커다란 말들을 나눌 수 있을 거다. 그때를 준비하는 마음으로 오늘은 일단 오늘의 땅을 다진다.

## 남자애들이
## 다 그렇지 뭐?

광고회사를 다니며 제대로 기획된 광고 한 편이 가질 수 있는 미덕들에 대해 배웠고, 덕분에 여전히 잘 만들어진 광고 보는 것을 좋아한다. 최근에 본 가장 인상 깊었던 광고는 면도기 브랜드인 질레트가 만든 'The best man can get(남자가 할 수 있는 최선)'이라는 영상이었다. 메시지는 단순하면서도 강렬했다. 그간 "Boys will be boys(남자애들이 다 그렇지 뭐)"라며 용인해온 문제들에 대해 다음과 같은 질문을 던진다. "정말 그런가요? 남자아이들이 서로 치고 박고 싸우는 걸 모른 척하고, 나보다 약한 사람을 괴롭히고, 여자들의 몸을 두고 이렇다 저렇다 품평하는 것. 그게 정말 남자들의 최선이에요? 아니잖아요! 우리 더 멋진 사람들이잖아요. 더 근사하게 할 수 있잖아요!"

브랜드가 사회적 이슈에 응답하는 고전적이면서도 근사한

방식이었다. 너무 오랜 시간 반복되어서 '문제'라고 인식조차 못했던 상황들에 대한 어른으로서의 책임감을 일깨우는 이야기랄까. 그런데 반응은 의외였다. 이 광고를 소개한 질레트의 공식 트위터에는 무려 5만여 개의 댓글이 달렸다. 대부분이 몹시 부정적이었고 또 몇몇 반응은 익숙하기도 했다. '왜 남자들을 다 범죄자 취급하냐' '이렇게 몰아가는 분위기는 잘못됐다' 등이 대표적이었다.

마트의 장난감 매대에서 아르바이트를 했던 분께 그런 얘길 들은 적이 있다. 여자아이의 부모들보다 남자아이의 부모들이 아이에게 더 엄격하다는 거다. 어쩌다 여자아이가 무선 자동차, 공구놀이 같은 걸 사달라고 하면 부모는 처음에는 좀 부담스러워하다가도 "그래, 그럼 한 번 사보지 뭐!" 하면서 사주기도 하는데 남자아이가 여자아이 캐릭터가 그려진 장난감이나 인형놀이를 고르면 끝까지 설득한다는 거다. "그건 좀 그렇지 않을까?" "별로 재미없을 것 같은데" "오늘은 자동차 사고 그건 다음에 사자" 같은 식으로 말이다. 그 이야길 듣고 생각이 참 많아졌다. 여자아이가 강해지는 건 괜찮지만 남자아이가 섬세해지는 것은 아무래도 좀 그렇다고 여기는 것. 여자아이를 남자아이처럼 키우는 것에는 거부감이 덜하지만, 남자아이를 여자아이처럼 키우는 데는 여전히 주춤거리는 분위기. 남자들 사이에서 신체가 왜소하거나 감수성이 풍부한 이들에게 '게이 같다' '계집애 같다'라는 차별적 언행의 꼬리표를 붙이는 것. 어쩌면 다 비슷한 이야기 아닐까. '여성스러움'과 '남성스러움'은 사회적으로 만들어진 개념임에도 '여성의 것'이라고 여겨져온 것들은 여전히 약한 것으로, 특히 남자들 사이에서는 열등한 것으로 취급된다. 그러니 내 아이에게서 그런 모습을 발견할 때마다 본능적으로 거부하는 것인지도 모른다.

## 다정한 나의 아이

바당이는 내가 봐도 참 다정한 아이다. 외출하기 전에는 꼭 애착 인형인 토토를 꼭 안으며 "토토야 사랑해. 잘 있어, 나 다녀올게!" 인사를 한다. 요즘 제일 가장 큰 걱정거리는 선물 가져다 주러 오시는 산타 할아버지랑 루돌프가 춥지 않을까 하는 것이다. '말씨가 예쁘다'는 이야기를 많이 듣는 편이고 좋아하는 사람들에게는 애정표현도 스스럼없이 하곤 한다.

어느 날 바당이가 밥을 먹으면서 내 손을 만져보더니 이런 말을 하기도 했다.

"엄마는 손이 차갑네요?"

"응, 엄마는 어렸을 때부터 손이 좀 차가웠어. 근데 우리 바당이는 손이 따뜻하네."

그렇게 말하면서 아이 손에 깍지를 꼈더니 아이가 내 손을 꽉 쥐고 빙긋 웃으며 그러는 거다.

"엄마, 내 손 잡고 있으면 엄마 손도 따뜻해질 거예요."

아이가 그런 말을 할 때면 가끔 시간이 멈췄으면 좋겠다는 생각을 한다. 우리에게 이런 시간이 얼마나 더 있을까 싶어서다. 아이가 언제까지 이렇게 따뜻할까, 우리는 언제까지 이런 친밀한 관계로 남을 수 있을까. 주변에서는 정말 길어야 아홉 살이라던데. 누군가에게 전해 들은, 남자아이들은 초등학교 고학년만 돼도 메시지 답장에 'ㅇㅇ' 'ㄴㄴ'가 전부라던 이야기가 떠오르면서 시간이 좀 천천히 흘렀으면 좋겠다 싶기도 하다.

바당이를 키우면서 '여자아이와 남자아이는 정말 그리 다를 게 없구나, 다른 만큼 비슷하구나' 생각한다. 아이를 가졌을 때만 해도 나 역시 여자아이는 마냥 조곤조곤하고 나랑 앉아 수다도 떨 수 있을 거라 생각했지만 남자아이는 그렇지 않을 줄 알았다. 바당이를 보면서 또 아이들을 눈여겨보게 되면서 알게 됐다. 아이는 자라면서 변하고 또 변하겠지만 나는 아이가 지금의 다정함과 섬세함 또한 간직할 수 있었으면 좋겠다. 세상이 말하는 표준이라는 것에 자신을 끼워 맞추느라 정말 소중한 것을 잃지 않았으면 한다. 친구들 사이에서 쿨해 보이고자 하는 마음이야 이해가 가지만 그것 때문에 진짜 자기 감정을 속이는 일은 적었으면 좋겠다.

다시, 질레트 광고 얘기를 해보자면 인상적인 댓글이 하나 있었다. 이 영상을 보고 그간 본인이 얼마나 이상하게 행동해 왔는지 깨달았다고. 슬프다고 말하거나 눈물을 흘렸어야 할 상황에서도 먼저 소리를 지르거나 화를 내왔다는 걸. 그리고 그게 남자라고 배웠다는 걸 깨달았다는 댓글. 누가 썼는지 모를 그 말은 지금도 내 머릿속을 떠나지 않는다.

여자아이들에게 야망을 가지라고 가르치는 것만큼이나 남자아이들에게도 사려 깊게 행동하라고, 다른 사람을 배려하라고, 예민한 감수성을 기르라고 이야기하는 게 자연스러워진다면 좋겠다.

# 남자아이들에게
# 더 관대한 세상。

3월. 꽃샘추위의 계절. 여전히 한 번씩 작년 연도를 썼다가 고쳐 쓰곤 하는 날들. 어느덧 새로운 해의 4분의 1을 보낸 시점. 분기 보고서를 써야 하는 시기…. 잊고 있었다. 3월은 무엇보다 신학기의 계절이라는 걸. 그리고 새로운 시작이라는 건 늘 설렘과 함께 불안과 어색함을 동반한다는 걸. 꽤 오래도록 잊고 있었는데 바당이가 등원을 시작하면서 그 감각이 되살아났다. 그러니까 3월은 온 동네 어린이집에서 아이들의 통곡 소리가 이어지며 '중도 하원자'가 속출하고 등원길에 선생님과 엄마에게 코알라처럼 매달려 있는 아이들이 목격되는 계절이었다.

## 내 아이의 사회생활

바당이의 사회생활 적응 기간도 마찬가지였다. 가끔 또래 친구들과 어울리는 것 빼고 본격적인 사회생활이 처음인 바당이는 새로 생긴 규칙들에 스트레스를 받는 눈치였다. 주변 양육자들에게 많이 듣던 얘기였다. 사회생활 시작하면 아이들이 좀 달라진다, 내가 모르던 얼굴을 목격하게 될 거다 대충 그런 것들이었는데, 그것들 말고도 예상치 못했던 문제가 하나 있었다. 그건 바로 바당이의 행동반경이 꽤 넓은 편이라는 사실이었다.

사실 원에 입학하기 전까지만 해도 바당이의 움직임이 크다는 것도 잘 몰랐고 그게 문제가 될 수 있을 거라고는 생각도 못 했었다. 그런데 원에서는 친구들과 옹기종기 모여 앉아 뭘 하는 일이 많으니 팔다리를 크게 움직인다거나 신나서 손에 든 장난감을 휘두른다거나 뛰는 일이 조금씩 문제가 됐다. 선생님이 지도한다고 하셨기에 우리도 집에서 같은 방식으로 설명해줬다. 그러다 그 일이 생긴 거다.

점심시간 즈음에 담임선생님이 한 장의 사진과 메시지를 보내셨다. 사진은 바당이의 부은 이마.

"어머니, 바당이가 오늘 친구를 오랜만에 만나서 너무 좋았는지 껴안고 놀다가 넘어지며 벽이랑 부딪쳤어요."

"아이고…. 친구는 괜찮나요?"

"네, 괜찮아요. 바당이 이마 더 붓지 않게 연고 발라 줄게요!"

원에는 바당이와 서로 유독 좋아하는 친구가 있는데, 사건이 발생한 그날은 그 친구가 며칠 안 왔다가 오랜만에 등원을 한 날이었다. 간만에 친구를 만난 바당이가 너무 반가운 나머지 가만히 서 있던 친구에게 달려간 것이다. 아이고, 아이는 가끔 너무 좋으면 다짜고짜 온 몸으로 달려가곤 했다. 아직 좋아하는 마음을 표현하는 방법을 잘 몰라 서툰 것이지만 위험하고, 또 잘못된 표현 방식이기에 아이의 행동을 되짚어줘야 했다. 아이에게 어떻게 알려주는 게 바람직할까 고민하던 차에 선생님께서 아직은 아이들이 몸이 먼저 나가는 시기라며 나쁜 의도가 있었던 것도 아니고 본인도 넘어져 속상할 테니 꾸짖지 말고 아이 마음을 먼저 읽어주고 그 다음에 올바른 표현 방법을 안내하는 게 좋다고 하셨다. 아무래도 좀 걱정이 되어 동네 카페에 고민글을 올렸다. 상황에 대한 설명을 간략하게 한 후, 아이에게 어떻게 얘기해주는 게 좋을지 조언을 구했는데 그중에 이런 댓글이 달렸다.

"근데 남자애들이 좀 그렇더라고요. 별 거 아닐 거에요. 너무 걱정 마세요. 저희 어릴 때도 남자애들이 좋아하는 여자애들 쫓아다니면서 괴롭히고 그랬잖아요."

흠. 그런 거라면 정말 곤란한데 말이다.


## 남자아이에게 유독 관대한 세상

그러고 보면 바당이에게 유독 '남자아이'라며 관대함을 베
푸는 사람들이 있었다. 바당이의 큰 행동반경이 여태껏 크게
눈에 띄지 않았던 것도 어쩌면 대부분의 사람들이 "사내애라
서 그런지 역시 겁이 없다" "남자애들이라 에너지가 넘친다"
같은 말로 이해해줬기 때문은 아니었을까.

굉장히 당혹스러웠던 경험도 떠올랐다. 언젠가의 놀이터에
서 바당이보다 3개월 정도 빠른 여자아이가 바당이와 같이 놀
고 싶어 한 적이 있었다. 아이는 적극적인 편이었다. 계단을
오르면서도 뒤를 돌아보며 '빨리 와' '같이 하자'라고 말하기
도 했고, 아직 친구와 노는 게 어색했던 바당이가 별다른 반응
을 보이지 않자 먼저 와서 손을 잡고 이끌기도 했다. 소극적이
던 바당이에 비해 자기감정을 잘 표현하는 아이가 멋져 보였
는데 그 친구의 아빠는 그게 아닌 모양이었다. 계속해서 "너
여자애가 그렇게 적극적이면 안 돼" "너 그렇게 들이대면 남

자애들이 싫어해" "걱정 마. 얘가 좀 과격해서 그렇지. 그렇게 안 보여도 얘 여자애야" 같은 말을 쉴 새 없이 했다. 난감했다. 솔직한 심정으로는 당신은 대체 뭐가 문제냐고 따져 묻고 싶었지만, 그냥 못들은 척 아이에게 "와, 정말 멋진 친구네" "먼저 놀자고 해주고 고마워"라고 얘기했다.

같은 행동을 해도 남자아이에게는 '용감하다' '씩씩하다' '사나이답다' 같은 말이 붙고, 여자아이에게는 '과격하다'거나 '극성스럽다' '기가 세다'는 말이 붙는다. 다 같은 아이인데도 말이다. 심지어 위험을 무릅쓰는 행동이나 적극적인 성향들은 오히려 남자아이의 본능으로 자연스럽게 받아들여지기도 한다. '뭐, 남자아이들이 다 그렇지'가 적용되는 영역이란 어찌나 방대하고 또 디테일한지. 나는 아이들이 몸과 마음에 큰 해가 되지 않는 이상 가능한 많은 것을 시도해 볼 수 있었음 좋겠다. 생生이라는 건 그렇게 인색한 게 아니니까. 같은 잣대가 여자아이들에게도 적용되길 바란다. 아이들이 시끄럽고 뛰어다니고 표현 방법을 잘 모름에도 불구하고 누군가의 이해와 관용을 받아야 한다면 그것은 '남자아이'여서가 아니라 그저 '아이'여서일 것이다.

# 리본은 왜
# 미니마우스에만 있을까?

"엄마 이건 뭐예요? 선물이에요?"

아이들의 눈이 제일 정확하고 날카롭다고 생각할 때가 있는데 그날이 그랬다. 바탕이가 선물이냐고 묻고 있는 건 다름 아닌 미니마우스 레고 블록. 미니마우스는 미키마우스에는 없는 분홍색 리본을 머리에 달고 있었고 바탕이는 아무래도 그 리본이 자리를 잘못 찾았다고 생각하는 모양이었다. 사실 그 레고 블록을 뜯던 날도 '아우, 뭘 이렇게까지' 했었다. 미니에게 입히라고 따로 샤스커트가 들어 있었는데 그게 내 마음에 들지 않았던 것과는 별개로 자꾸 벗겨지기도 하고 무엇보다 블록에 앉히려면 방해가 되어서 매번 치마를 입혔다가 벗기길 반복해야 했기 때문이다.

여하튼 리본. 리본을 떠올리면 언제부턴가 심경이 좀 복잡하다. 특히 갓 태어난 여아들 머리에 얹어져 있는 거대 리본들을 볼 때면. 그렇게 하지 않으면 '남자아이'로 오인되기 십상이고, 그런 상황 중 8할이 불쾌한 쪽으로 흐르기 때문이란 건 알지만 한편으로는 잘 이해가 가지 않았다. 아이들이 반드시 성별로 구별되어야만 하는 걸까? 성별을 오해하고 나면 그게 마치 큰 결례나 모욕이라도 되는 것처럼 죄송하다고 하는데 그게 과연 그럴 만한 일인가?

## 만들어낸 고정관념

한 번은 그런 일이 있었다. 그림책에 여자 소방관이 사다리를 오르고 있었는데 바당이가 여자 소방관에게도 자꾸 '아저씨'라고 하는 게 아닌가? 그 소방관은 머리가 길지도 않았고 리본을 달고 있지도 않았다. 바당이의 입장에선 그 소방관을 여자라고 인식할만한 어떤 '표식'이 사라진 셈이었고 그러자 그 사람을 남자로 인식한 것이다. 어떻게 설명해야 좋을까 고민하고 있는데 여성 소방관의 소방화에 굽이 있는 게 눈에 들어왔다. 하지만 그걸 본 순간 더 아득해졌다. 여자라는 걸 표시하기 위한 고육지책 같긴 했지만 그걸 보면서 "이거 봐, 바당아. 이 사람은 굽 있는 신발 신었잖아. 그러니까 여자 소방관이지!"라고 설명하기엔 뭔가 이상했다. 아이는 아직 '하이힐'의 존재를 모르기도 하거니와 나를 비롯해 바당이가 주변에서 가장 많이, 또 자주 접하는 사람들은 하이힐을 전혀 신지 않는데 괜히 불필요한 정보를 줘서 고정관념을 심어주는 것 아닌가 싶었다. 무엇보다 여자 소방관은 굽이 있는 소방화를 신지 않는다고!

그러고 보니 대수롭지 않게 넘기곤 했던 픽토그램들이 떠올랐다. 군더더기 없는 남성 이미지에 비해 늘 번잡스럽던 여성 이미지들 말이다. 아동용 애니메이션의 캐릭터들도 마찬가지였다. 국내 제작 콘텐츠보다는 그나마 여성 캐릭터들의 활약이 두드러지고 비교적 주제 면에서도 훌륭한 영미/유럽권 애니메이션을 바당이에게 보여주는 편인데, 거기에도 늘 문제는 있었다. 그곳의 여아 캐릭터들은 항상 화장을 하고 있었다. 위로 말려 올라가 있는 속눈썹과 볼터치는 기본이었다. 남성을 '기본 값'으로 설정하다 보니 여성이라는 걸 표시하기 위해선 늘 이런저런 장식들이 덧대어질 수밖에 없는 현실은 아이들의 세계에서도 예외가 아니었다. 아무리 애니메이션이라지만 여자아이들의 얼굴에 꼬박꼬박 진한 화장이 되어 있는 걸 보면 볼수록 기괴하다는 인상을 떨치기 힘들었다.

'아이에게 어떻게 설명하는 게 좋을까.' '앞으로 아이에게 여성과 남성 그림을 어떻게 알려주면 좋을까.' 이런 고민을 트위터에 있는 그대로 올렸더니 많은 분이 공감해 주시고 또 아이디어를 내주셨다. 한 분은 늘 여성의 머리에 있는 리본을 떼서 남성의 목에 보타이로 다는 그림을 직접 그리시기도 했다. 그 그림을 보고 나니 애플이 제공하는 이모티콘이 눈에 들어왔다. 애플 이모티콘 중 사람(직업)을 나타내는 것들은 모두 여자/남자가 짝을 이루고 있는데 리본이나 속눈썹, 볼 터치, 머리 길이 등으로 여성을 기표화하지 않은 게 특징이었다. 여성들의 차지였던 장식을 대체한 건 '남성의 수염'이었다. 주로 콧수염이나 턱수염으로 성별을 드러내고 있었다. 이 얼마나 자연스러운 묘사인가!

평소에도 그리 취향이 아니긴 했지만, 아이가 미니마우스의 리본을 가리켜 선물이냐고 물은 이후로 내 옷에 달린 '리본' 디테일들을 이전처럼 대하기가 힘들어졌다. 그저 리본이 예뻐서라면 왜 그 리본은 늘 미니마우스에게만 있고 미키마우스에는 없는 걸까. 왜 같은 내복이어도 여아용에는 꼭 소매에 프릴 장식이 있고 속옷에도 리본이 달려 있는 걸까. 남아용에는 절대 없는데 말이다. 어떤 의문들은 아이의 세계에서만 머무르지 않는다. 바당이의 궁금증은 곧 내게도 중요한 질문이 되었다.

# 날카로운
# 첫 성교육의 기억。

"엄마, 그럼 고릴라도 꼬추 있어요?"

(헉!!!)

바당이가 32개월에 막 접어들던 때였다. 밤잠에 들기 전에 늘 해주던 굿나잇 이야기 중 하나인 고릴라 이야기를 해주던 때였다. 한창 "이야기해 주세요! 재밌는 얘기요!" 하던 때라 바당이가 좋아하는 동물들로 잠자리 이야기를 몇 가지 만들어 줬었는데, 그중 하나가 바로 고릴라 이야기였다. 몸집이 아주 큰 고릴라와 그런 고릴라를 무서워하던 작은 숲속 동물들이 서로 오해를 풀고 친구가 된다는 스토리. 그 이야기의 도입부가 "고릴라는 몸집이 아주 컸어요. 키도 이만하고, 손과 발도 엄청나게 크고, 쿵쿵 걸어다니는 소리도 아주 컸답니다"였는데 어느 날 바당이가 거기까지 듣더니 이렇게 묻기 시작한 것이다.

"엄마, 고릴라는 코랑 배꼽도 커요? 귀도요? 무릎도 커요?"

아이는 자기가 알고 있는 거의 모든 신체 부위를 읊을 기세였다. 처음 몇 개는 공들여 대답해주다가 도통 끝이 날 기미가 보이지 않기에 대충 '응, 그럼, 그렇지'를 돌려가며 대답을 해주고 있었는데 대뜸 그러는 게 아닌가.

"엄마, 고릴라 꼬추도 커요?"

정신이 번쩍 들었다.

"그럼, 고릴라는 다 크니까 꼬추도 크지."

(좋았어, 자연스러웠어!)

이제 다 끝났겠지 싶어 이야기를 이어가려고 하는데 바당이는 생각보다 더 많은 게 궁금한 듯했다.

"엄마, 근데 고릴라도 꼬추 있어요?"

'세상에. 드디어 올 것이 왔군. 아니 그런데 너무 이르잖아!' 싶은 마음이었지만 뭔가 제대로 된 이야기를 해줘야 할 타이밍이었다. 내적 심호흡을 크게 한 번 하고는 평소처럼 이야기를 이어나갔다.

"음. 꼬추가 있는 고릴라도 있고, 꼬지가 있는 고릴라도 있단다."

"엄마도 꼬추 있어요? 아빠도요?"

"아빠는 바당이처럼 꼬추가 있고 엄마는 꼬지가 있어. 그건 바당이랑 아빠한테 있는 거랑은 다른 거야."

바당이는 자기한테는 없는 거라는 말에 호기심이 더 커진 듯했다. 장난스러운 웃음을 지으며 이렇게 말했다.

"엄마, 그럼 보여주세요!"

"바당아, 그건 안 돼. 그건 아주 소중한 거야. 절대 보여줘서도 안 되고, 또 다른 사람에게 보여 달라고 해서도 안 돼. 절대 안 되는 거야."

훈육할 때처럼 좀 낮은 톤에 단호하게 이야기해서였는지 아이도 얼굴이 좀 심각해졌다. 여러 번 왜냐고 묻기도 했고 아무 비밀도 없던 엄마가 자기는 모르는 뭔가를 갖고 있다면서 그걸 안 보여준다고 하니 속이 상했는지 서운한 얼굴이 되기도 했다. 별수 없었다. 했던 이야길 그대로 열 번쯤 반복했을 때, 마침내 바당이도 받아들였다.


성교육의 첫 단추


아이가 잠들고 나자 그제야 긴장이 풀렸다. 내가 누군가에게 성교육을 하다니, 도대체 이게 무슨 일인가 싶기도 하고 바당이가 정말 많이 자랐구나 싶기도 했다. 찾아보니 30개월 이

후부터 아이들은 여자와 남자를 구별하고 또 몸에 대한 호기심도 생긴단다. 읽으면서도 너무 먼 미래를 걱정하는 거 아닌가 싶었던 유아 성교육 책들이 위기의 순간에 정말 큰 도움이 됐다. 아이가 성기에 대해서 물으면 '모두 있다'로 알려줘야 한다는 조언이 특히 요긴했다. 어느 한쪽을 기준으로 삼아 '누구는 있고, 누구는 없다'고 얘기하는 것은 분명한 차별이기 때문에 피해야 한다는 얘기였는데, 잘 기억해둔 덕에 급작스런 분위기 속에서도 나름 선방할 수 있었다. 오히려 어려웠던 건 뭐라고 불러야 하는지였다.

우리 집엔 아이가 바당이 하나다 보니 여자아이의 성기를 부를 일이 전혀 없었다. 그래서 동공지진을 참아가며 우선 급한 대로 '꼬지'라는 말을 만들어낸 것이었다. 그 부분이 여전히 고민스러워 바당이와 있었던 이야기를 트위터에도 올리고 가까운 양육자 친구들에게도 물었다. 다른 집은 아이에게 성기를 어떤 단어로 이야기하고 있는지 궁금해서였다. 가장 많이 나온 것은 성별을 불문하고 '소중이'였다. 하지만 어쩐지 이건 생리를 '마법'이라고 부르는 것 같은 인상이라 내키지 않았다. 남자아이들은 대개 우리 집과 비슷했고, 여자아이들에게는 '엉덩이' 등 에둘러 표현한다는 집들도 많았다. 가장 무난한 것은 '생식기' 혹은 '성기'였다. 관계교육연구소 손경이 대표의 『당황하지 않고 웃으면서 아들 성교육하는 법』에서도 유아어와 함께 성기의 정확한 명칭도 함께 알려줄 것을 강조하는데 '꼬지'는 그 가이드라인에도 맞는 적절한 표현이지 싶었다.

바당이는 요즘도 가끔 묻는다. 한창 다른 이야길 하다가 '엄마 근데 뫄뫄도 꼬추 있어요?' '뫄뫄는 꼬지 있어요?' '뭐 있어요?' 같은 식으로. 대답해주면 이제 아이는 자기가 먼저 "근데 보여주는 건 절대로 안 돼요!" 한다. 아이가 얼마나 이해한 건지는 모르겠지만 그래도 첫 단추는 나쁘지 않게 꿰었구나 싶다. 바당이는 이 일을 기억하지 못하겠지만 누군가 나에게 성교육의 기억을 묻는다면 더 이상 교실에 앉아 기분 나쁜 비디오를 보던 때가 아니라 이 날이 제일 먼저 떠오를 것 같다. 초보 엄마의 날카로운 첫 성교육의 날로.

# 아이들에게 더 많은 여성 서사를!

임산부 시절의 나는 태교에 비관적이었다. 아이를 가졌으니까 좋은 것만 보고 좋은 생각만 해야지 같은 말들이 별로 달갑지 않았다. 모든 것을 오로지 아이를 위해서만 해야 한다는 말 같아서. 이런 태교비관론자인 내가 동화책 태교를 시작하게 된 계기는 조금 사소하다. 바로 우연히 만난 어린이 도서관 덕분이었다. 그곳에 처음 간 날도 나는 여느 때처럼 산책을 하고 있었다. 내가 가장 좋아하는 산책 코스를 따라. 그리고 어린이 도서관은 그 길 끝에 있었다. 그때는 아이들이라는 존재에 대해서라면 뭐든지 알고 싶던 시기라 별 망설임 없이 그곳에 들어갔다.

세상에 동화책이 이렇게 많다니! 수많은 동화책의 표지 그림과 제목들을 둘러보고 책장을 몇 장 넘겨 보며 작가도 출판사도 시리즈도 전혀 모르겠는 동화책들 속에서 나는 좀 막막하면서도 즐거웠던 것 같다. 대학에 처음 입학해 중앙도서관에 갔을 때의 기분이랄까. 내가 몰랐던 이토록 방대한 세계가 있다니! 이렇게 읽을 게 많다니! 활자 중독자는 설레기 시작했다. 그날을 시작으로 거의 매일 어린이 도서관에 가 하루에 한두 시간씩 동화책을 읽다 오곤 했다. 마음에 드는 책이 있으면 빌려와 남편과 함께 배 속 아이에게 읽어주며 태담을 했다. 태교비관론자의 동화책 태교는 그렇게 시작됐다.

**동화책, 너마저⋯**

그날의 책은 이미 많은 사람들이 추천한 사노 요코의 『100만 번 산 고양이』였다. 무척 마음에 들어서 바로 책을 빌렸고 그날 저녁에 바당이에게 읽어주었다. 그런데, 소리 내어 읽다 보니 낮에는 미처 발견하지 못했던 부분이 눈에 띄었다. 주인공인 얼룩무늬 고양이의 끈질긴 구애를 받아들인 하얀 고양이가 갑자기 얼룩무늬 고양이에게 "네에" 하는 게 아닌가. 응? 아니 어째서? 얼룩무늬 고양이가 자기가 살아온 백만 번의 생을 자랑하며 으스댈 때도 "으응" 혹은 "그래" "그러니"로 일관했던 하얀 고양이는 어디로 가고 왜 갑자기 존댓말을 하는 거지? 맙소사. 나는 그야말로 차갑게 식었다. 너무 좋아하는 동화책이라 잃고 싶지 않은 마음에 광광 울며 혹시 번역 과정에서 실수가 있었던 건 아닐지, 심지어는 "네에"가 존댓말이 아니라 고양이 울음소리는 아닐지 온갖 가능성을 점쳐봤지만 그럴수록 착잡해졌다.

많은 책이 그랬다. 참 좋은 책인데, 아이에게 그냥 보여주기에는 찜찜한 부분들이 꼭 하나씩 있었다. 주인공의 대부분이 남자아이인 설정, 여자아이는 소꿉놀이하고 남자아이는 공놀이하는 장면. 여자아이는 분홍색 치마를, 남자아이는 파란색 바지를 입고 있는 모습. 여자만 남자에게 존댓말을 하는 상황. 이 모든 이야기가 더 이상 자연스럽지도 당연하지도 않았다. 읽으면 읽을수록 동화책 역시 다른 모든 것들과 마찬가지로 성역할에 대한 고정관념에서 자유로울 수 없다는 사실을 절감하게 됐다. 아니, 오히려 가장 첫 번째 독자인 어린이들의 피드백이 여의치 않은 상황, '지나가는 시기'의 콘텐츠라는 특성 때문인지 어떤 장르보다도 업데이트가 느렸다. 그리고 혼란이 시작됐다.

내 아이에게 대체 어떤 책을 보여줄 것인가.

#### #2018_여성작가

2018년 초에 트위터에서 '2018_여성작가'라는 해시태그가 시작되었다. 더 많은 여성의 말, 여성의 이야기가 필요하다는 취지로 말 그대로 여성 작가의 책을 읽는 캠페인이었고 나 역시 이에 영향을 받아 아주 새로운 독서를 시작하게 됐다. 작년 한 해 동안 읽은 책이 60권 정도 되는데 그중에서 다섯 권 정도를 제외하고는 모두 여성 작가의 책으로 채운 것이다. 흥미로운 시도였다.

사실 나는 '위대한 고전'이라 일컬어진 책들을 읽으며 '글쎄? 어째서?'라는 생각을 꽤 자주 하는 사람이었다. 가와바타 야스나리의 『설국』, 스콧 피츠제럴드의 『위대한 개츠비』, 니코스 카잔차키스의 『그리스인 조르바』, 김승옥의 『무진기행』 등 대학생이 되고 여러 고전을 다시 읽어봤지만, 마찬가지였다. 나는 그 책들을 읽으며 자주 헤맸다. 도대체 주인공이 왜 저러는지 이해할 수 없는 일투성이었다. 개츠비는 대체 데이지한테 왜 저러는 걸까? 아니 그것보다 닉이 더 이상하다. 혹시 개츠비를 좋아하나? 아니 도대체 개츠비의 어디가 위대하다는 거야? 이런 식이었다. 그래도 꾸역꾸역 읽었다. 어떻게든 주인공의 감정선을 따라가보려고 애썼다. 읽던 책을 도중에 그만두는 건 아무래도 찝찝하기도 하고 하여튼 좋은 책이라고들 하니까. 뭔가 있겠지. 그래 뭔가가 있을 거야. 많은 사람이 그러는 데에는 이유가 있겠지.(열심히 읽음.) 아니 근데 아무래도 이상한데? 내가 이상한가? 내가 아직 어려서 그런가? 내가 21세기 사람이라 그런가? 아!!! 번역이 이상한가? (그렇게 대학 입학 후 처음으로 맞이한 나의 여름 방학은 『위대한 개츠비』 원전을 읽다가 날리고 만다.)

이제는 안다. 그 추리가 엉망이었다는 것을. 나는 내가 여자이기 때문에 그런 일이 일어날 거라고는 상상조차 못 했던 것이다. 아니, 엄밀히 말하자면 내가 '남자가 아닌 여자'라고 어쩌면 단 한 번도 생각해보지 못했는지도 모른다. 한 해 동안 여성 작가의 글들을 읽으면서 절감한 건 내가 여성이면서도 '여성이 하는 여성의 이야기'에 익숙지 못하다는 것이었다. 꾸준한 훈련이 필요하겠다는 결론을 내렸고 나는 당분간은 이렇게 읽기로 했다.

**아이들에게 더 많은 여성 서사를!**

이 연장선상에서 아이의 책을 골라보기로 했다. 동화는 비교적 여성작가들의 활약이 두드러지는 장르라 동화책에 이를 적용할 기준을 나름대로 정리해봤다. 주인공의 성별이 무엇인지, 등장인물들의 성비는 어떤지, 여성 캐릭터들은 어떤 동기와 꿈을 가지고 움직이는지, 여성 캐릭터와 남성 캐릭터가 어떤 모습으로 묘사되는지 등을 유심히 살펴보고 있다. 양육의 다른 부분들과 마찬가지로, 아이가 접하는 모든 이야기를 내가 제어하거나 제공할 수는 없을 것이다. 모든 기준에 부합하는 완벽한 동화책을 찾는 것도 어려울 것이다.

하지만 나는 기억한다. 내가 제제와 데미안보다 빨간 머리 앤과 제인 에어에게 더 큰 애정을 가졌던 것을. 어린이였던 시절에 『마틸다』의 마틸다와 『발명가 로지의 빛나는 실패작』 속 로지, 그리고 『산적의 딸 로냐』의 로냐를 알았으면 얼마나 좋았을까 하는 아쉬움이 남는다. 주변의 가까운 엄마들과 이야기하면 할수록 우리 세대의 양육자들이 그 어떤 세대보다도 아이들에게 사회가 강요하고 답습해온 성역할을 대물림하지 않길 원하는 이들이라고 생각한다. 무엇보다도 여자아이들이 더 많은 롤모델을, 더 많은 자신의 이야기를 가질 수 있기를. 남자아이들이 그 이야기를 경청하고 이해하는 법을 배우기를 바란다.

그러니 아이들에게도 더 많은 여성 서사를!

## 동화책 버전의 '백델 테스트'

　구체적으로 '어떤 기준'을 가지고 동화책을 고를 것인가 고민했을 때 가장 먼저 떠오른 것이 백델 테스트였다. 백델 테스트는 1985년 미국 여성 만화가 엘리슨 백델이 할리우드의 영화들이 얼마나 남성중심적인지에 대해 문제를 제기하면서 고안한 기준이다. 그 상세한 기준은 다음과 같다.

　　1. 이름을 가진 여자가 두 명 이상 나올 것
　　2. 이들이 서로 대화할 것
　　3. 대화 내용에 남자와 관련된 것이 아닌 다른 내용이 있을 것

　아주 투박하고 낡은 계산법처럼 보이지만 당장 최근에 본 영화들을 떠올려보면 여전히 이 테스트가 유효하다는 걸 깨닫게 된다. 의외로 이 테스트를 통과할 수 있는 영화가 그리 많지 않다. 영화사에서는 이 테스트를 두고 말이 많았는데 가장 대표적이었던 것

이 "그럼 이 테스트를 통과하면 페미니즘 영화냐"라는 반문이었다. 물론 그렇지 않다. 이것이 어떤 영화가 충분히 여성주의적인지 그렇지 않은지를 판단하는 잣대가 될 수는 없다. 엘리슨 백델이 이 질문을 마련한 이유 역시 그런 평가를 위한 것이 아니다. 그녀는 당시 할리우드 영화들이 얼마나 일상적이고 자연스러운 여성의 모습, 그러니까 이름을 가진 두 명 이상의 여자가 남자 아닌 다른 얘기를 하는 장면을 다루는 데 관심이 없는지 폭로하고자 했다. 내가 동화책 버전의 백델 테스트를 생각해낸 것도 바로 이것 때문이었다.

나는 동화책에 특별한 무언가를 기대하지 않았다. 그저 현실을 반영한 지극히 자연스러운 이야기들을 원할 뿐이다. 현실 말이다. 우리나라 인구 성비는 100.5로 거의 동일한데 왜 늘 남자아이들이 여자아이들보다 훨씬 더 많이 나올까? 유배우자 가구에서 맞벌이가 차지하는 비중이 46.3%로 역대 최고치를 기록했다는데 어째서 동화책 속에선 여전히 아빠만 출근하고 엄마는 집에서 요리하고 있는 걸까? 왜 남자아이들은 펭귄(뽀로로)일 때도 버스(타요)일 때도 주인공을 하는데 여자아이들은 오로지 공주여야만 주인공이 될 수 있는 걸까? 지금 전 세계에 현존하는 공주가 몇 명인 줄은 알고들 하는 얘기예요? 같은 심정이랄까.

**동화책을 고르는 색다른 기준**

'여성 서사'의 기준은 어떤 관점에서 어디에 더 큰 비중을 두느

냐에 따라 얼마든지 달라질 수 있다. 나는 더 많은, 더 다양한 여성들의 모습을 있는 그대로 보여주는 이야기를 원했다. 그런 책들을 고를 수 있도록 몇 가지 질문을 설계해 일종의 화이트리스팅을 한 후, 그 목록들에서 다른 치명적인 문제점(폭력적인 묘사가 있다든지, 전체적인 이야기의 완성도가 떨어진다든지 등)이 있는지를 추가로 확인했다. 아마도 완전무결한 리스트는 없을 것이다. 최대한 많은 기준에 부합하는 책들을 고르려고 했지만 조금 미진한 구석들이 있더라도 페미니즘적 관점에서, 성평등이라는 목표에 비추어 봤을 때 중대한 결격사유가 발견되지 않는 한 제외시키지 않았다. 내가 동화책을 고를 때 염두에 두는 질문들, 그리고 그 질문들을 통과한 대표적인 책들은 아래와 같다.

1. 여자아이들이 충분히 많이 등장하나요?
- 『어느 멋진 날』(윤정미 지음)
- 『수박 수영장』(안녕달 지음)

2. 주인공의 성별은 무엇인가요?
- 『발명가 로지의 빛나는 실패작』(안드레아 비티 지음)
- 『소피가 화나면, 정말 정말 화나면』(몰리 뱅 지음)

3. 우리 곁에 더 많은, 다양한 여성들을 보여주세요!
- 『야, 그거 내 공이야!』(조 갬블 지음)

- 『엄마는 태양의 여자예요』 (길상효 지음)

4. 성역할은 만들어진 것일 뿐이라는 걸 알려주고 있나요?
- 『메리는 입고 싶은 옷을 입어요』 (키스 네글리 지음)
- 『뜨개질하는 소년』 (크레이그 팜랜즈 지음)

5. 여자도, 남자도 아닌 캐릭터들을 소개해주세요.
- 『무민』 시리즈
- 『메이지』 시리즈

6. 미러링, 그 위대한 전략의 힘을 보여주세요
- 『종이 봉지 공주』 (로버트 먼치 지음)
- 『별나라의 신데렐라』 (데보라 언더우드 지음)

7. 어린이를 위한 페미니즘!
- 『리틀 피플 빅 드림즈』 시리즈
- 『여자와 남자는 같아요』 (플란텔 팀 지음)

최근 여성가족부에서도 다양성을 존중하고 성인지 감수성을 기르는 데 도움이 되는 어린이 책을 고르는 '나다움 어린이책' 기준을 만들어 발표했다. 이 기준안은 '인물이 성별 고정관념에서 벗어나 자기 발견과 성장을 추구하나요?' '몸의 성장과 변화를 긍정적으로 바라보고 있나요?' '인물에 대한 평가와 보상의 기준이 성별 차이 없이 적용되나요?' 등 총 열 개의 질문으로 이루어져 있다. 고정관념에 얽매이지 않은 동화책을 고르는 일에 익숙지 않다면 이런 기준을 참고해봐도 좋을 듯하다.

이 외에 내가 동화책을 고르는 방법은 다른 책들을 고를 때와 거의 비슷하다. 그림책도 하나의 문학인 만큼 다른 책과 마찬가지로 '고전'이 있다. 긴 시간에 걸쳐 아이들에게 사랑을 받는 책에는 하여튼 뭔가 특별한 구석이 있는 것 같다. 그렇지 않고서야 아이들이 『달님 안녕』이나 『누가 내 머리에 똥 쌌어?』를 무조건적으로 좋아하는 것을 설명할 수 있을까?

믿고 보는 작가도 있다. 사노 요코, 고미 타로, 구도 노리코, 이수지, 안녕달, 베아트리체 알레마냐, 존 버닝햄, 주디스 커. 이 작가들의 책은 언제 봐도 좋다. 아이 덕택에 내가 정말로 훌륭한 책들을 만났다고 생각할 정도로.

위에서 소개한 기준들을 통과한 건 물론이고, 바탕이도 아주 좋아해 우리 집 베스트셀러인 그림책들을 몇 권 소개해볼까 한다.

『발명가 로지의 빛나는 실패작』, 안드레아 비티, 데이비드 로버츠 (천개의바람)

이 책을 아주 좋아한다. 특히 어떤 점이 좋냐면, 주인공 로지가 실패를 거듭하다 마침내 성공한 아이인 것이 아니라 그저 실패하는 중인 아이라 좋고, 그런 아이의 실패를 그 자체로 훌륭하다고 말해주는 사람이 다름 아닌 오랫동안 비행기 만드는 일을 해온 이 모할머니 로즈인 것도 좋다. 로즈가 다시 도전해보라며 로지에게 건넨 수첩에 빼곡히 적혀 있는 것은 다름 아닌 1906년 비행기를 설계한 최초의 여성 릴리안 토드, 미국 최초로 파일럿 자격증을 딴 여성 해리엇 큄비 등 여성 비행사들의 이야기다. 로지였던 여성들의 이야기를 담은 그 페이지들은 그 자체로 이 책의 백미다.

『이렇게 멋진 날』, 리처드 잭슨, 이수지 (비룡소)

이수지 작가의 그림은 독보적이다. 그중에서도 『이렇게 멋진 날』은 과감한 터치로 아이들 특유의 에너지와 생동감을 담아낸 멋진 책이다. 비 오는 날, 비를 맞으며 풀밭을 달리고 나무 위를 오르는 아이들을 그린 그림을 보고 있자면 정말로 그 또래의 아이들이 어울려 노는 걸 보는 기분이다. 자연스럽고 그래서 반짝반짝 빛난다. 그 그림들 속에서 여자아이들 역시 충분히 많이 등장하고 또 남자아이들만큼 다양한 모습으로 그려진다는 게 가장 좋다. 비 오는 날 장화를 신고 물 웅덩이에서 찰박찰박하는 걸 아주 좋아하는 바당이는 비 오는 날이면 늘 이 책을 골라온다.

『뜨개질하는 소년』, 크레이그 팜랜즈, 마가렛 체임벌린 (책과콩나무)

축구에는 관심 없고 대신 뜨개질과 바느질을 좋아하는 남자아이 라피의 이야기다. 학교에서 '여자애 같다'는 놀림을 받은 날 "엄마, 내가 이상하고 특이한 거예요? 엄마는 내가 여자애 같아요?"

라고 묻는 라피에게 엄마는 이렇게 대답한다. "아니. 엄마는 네가 아주 라피 같은데?" 『뜨개질하는 소년』은 '여자아이답다' '남자아이답다'라는 것이 사실은 얼마나 텅 비어 있는 말인지, 한 아이에 대해 얼마나 쓸모없고 무례한 말인지 알려준다. 일상생활에서도 충분히 있을 수 있는 일들을 소재로 삼아 더욱 공감이 간다.

『셜리야, 물가에 가지 마!』, 존 버닝햄 (비룡소)

얼마 전 타계한 존 버닝햄은 늘 아이들의 편에, 상상의 편에 서는 작가다. 『셜리야, 물가에 가지 마!』 역시 그런 이야기로 종이책이라는 매체의 특성을 아주 잘 활용한 책이다. 한 페이지에는 셜리의 엄마 아빠가 셜리에게 하는 말을, 또 다른 한 페이지에는 셜리의 상상 혹은 모험일 이야기를 풀어놓는 방식이 흥미롭다. 존 버닝햄이 한 인터뷰에서 본인은 일부러 어른들을 나쁘게 그린 적이 한 번도 없다고 밝혔다. 그런데도 양육자로서는 이 책을 읽을 때면 혹시 나도 아이를 저렇게 대하고 있는 건 아닐까 싶어 뜨끔하다. 아이들의 눈에서 어른을, 세상을 바라보게 해주는 이야기. 그래서일까. 바당이는 이 책을 읽을 때면 늘 조금 심각하다.

『너처럼 나도』, 장바티스트 델 아모, 폴린 마르탱 (문학동네)

아직 자기 자신이 가장 중요한 아이들에게 다른 존재를 향한 배려와 존중을 가르치기란 참 어려운 일이다. 『너처럼 나도』는 그런 본격적인 이야기를 하기 전에 아이와 함께 읽기 좋은 책이다. 나만 소중한 게 아니라는 것, 동물들도 나와 같이 사랑하는 가족이 있고 좋고 싫음이 있는 존재라는 것. 그러니 다른 이들의 마음을 헤아리고 귀를 기울여야 한다는 것. 그런 이야기들을 따뜻한 그림으로 담아냈다. 반려동물과 함께 살아가고 있는 어린이들과 읽으면 더욱 각별하게 남을 책이다.

# 3장

# 아이는 한 뼘씩,
# 엄마는 반 뼘씩 자란다

# 예쁜 건 예쁜 거고
# 힘든 건 힘든 거다

아이를 낳은 후론 어쩐지 모든 대화가 비슷하게 흘러
간다. 아이가 너무 예쁘다고 하면 "그래도 힘들지?"가 돌아오
고 정말 힘들다는 얘길 하면 "그래도 예쁘지?"가 돌아오는 식
이다. 그렇다. 맞는 말이다. 아이는 예쁘다. 그리고 육아는 힘
들다. 사람들은 종종 이 두 문장 사이에 어떤 상관관계가 있다
고 믿는 것 같은데, 아니다. 그런 건 없다.

나는 하루에 평균 열두 시간 정도 일한다. 매일매일. 주말도
황금연휴도 나와는 무관하다. '워라밸'은 먼 나라 얘기일 뿐이
다. 워크(work)가 곧 라이프(life)고, 라이프가 곧 워크인 삶, 그
것이 바로 육아노동자(aka 엄마)의 삶인 것을.

바당이가 일어나 나를 찾는 아침 여덟 시는 내 기상 시간이
자 출근 시간이다. 이때부터 아이가 밤잠에 들어가는 저녁 아
홉 시 전후까지 내가 하는 일은 일종의 돌봄노동이다. 아이를

먹이고 놀아주고 씻기고 재우는 일. 이렇게 쓰니 참 간단해 보인다(약간 억울해지려고 한다). 하지만 다른 모든 일과 마찬가지로 육아 역시 고된 일이다. 육아가 힘든 이유라면 수십 개라도 댈 수 있지만 그중 하나만 꼽자면 업무 스펙트럼이 너무 넓다는 것이다. 아이의 곁을 종일 지키면서 그 사이에 기저귀, 우유, 유아용 로션, 이유식 재료와 같은 생필품들의 재고를 파악해 구매하고, 아이가 낮잠이 든 틈을 타 종잇장 같은 아이의 손발톱을 몰래 깎아놓고 웬만한 아이돌의 콘서트 예매보다 치열한 문화센터 수강신청을 해내야 한다. 말하자면 1인분의 삶을 추가로 사는 일 같달까. 말이 좋아 '밥 먹자' '기저귀 갈자' '옷 입자' '자자'이지 사실 다 내가 내 손으로 해야 하는 일이다.

## 2인분의 삶

하나의 몸으로 2인분을 살아내야 한다는 것. 그건 곧 만성 피로에 시달린다는 뜻이다. 육체적 피로도 심했지만 해낼 수 없는 게 분명한데도 해야만 한다는 정신적인 압박감이 상당했다. 그 스트레스가 절정에 이르렀던 건 바당이가 막 육 개월을 지난 시점이었다. 백일도 되기 전부터 통잠을 자던 아이가 어느 날부터인가 갑자기 밤마다 대성통곡을 하기 시작했다. 그것도 마치 아이에게만 들리는 알람시계라도 숨겨놓은 것처럼 매일 정확하게 새벽 두 시에 울음을 터뜨렸다. 처음 며칠은 컨디션이 안 좋은가, 잠자리 온도나 습도가 문제인가 하며 이것저것 아이에게 맞춰보려 했지만 아무 소용이 없었다. 미스터리한 밤들이 일주일 넘게 계속되자 나와 남편은 노이로제에 걸릴 지경이었다. 급성장기, 이앓이, 발달에 따른 수면의 변화. 낮이면 지난밤의 원인을 찾느라 검색의 검색의 검색을 반복했다. 이유가 무엇이든 다 받아들일 준비가 되어 있었지만 문제는 대체 뭐가 원인인지 전혀 알 수 없었다는 것이었다. 그건 곧 아이를 키우는 많은 일이 그렇듯이 우리가 할 수 있는 건 기다리는 일뿐이라는 뜻이었다.

그래도 가만히 있을 수는 없어서 일찍이 끊었던 밤중 수유도 해보고 내 침대에서 같이도 재워보고 젖병도 물려보고 기저귀도 갈아보고 별의별 걸 다 해봤지만 그 어떤 것도 울음을 잠재우지 못했다. 아이는 오로지 내가 안고 자장가를 부르며 두세 시간씩 걸어야만 겨우 조용해졌다. 잠이 든 것 같아 아기띠를 한 채로 침대 모서리에 살짝 걸터 앉거나 제 침대에 눕히기라도 하면 바로 깨서 울기 시작했다. 이런 생활이 거의 한 달 가까이 계속됐다. 나는 그야말로 좀비가 됐다. 남편도 엄마도 아무 도움이 되지 못했다. 아이는 내가 아닌 다른 사람이 자길 안으면 경기를 하듯 울었고 그걸 달래려면 더 힘이 들었다. 오로지 나밖에 없었다. 내가 어떻게 할 수 없는 일인데도 온전히 내 몫인 일. 그게 아이를 키우는 일이었다.

매일 밤 잠드는 게 두려울 지경이었다. 나중에는 우는 아이를 안은 채로 거실을 걸어 다니며 나도 조용히 울었다. 그리고 생각했다. 다 내려놓고 싶다고. 아무도 없는 방에서 딱 하루만 죽은 듯이 자고 싶다고. 회사원 시절에는 눈치가 좀 보이더라도 휴가라는 것을 써서 일과 나를 떼어놓을 수 있었지만 양육자의 사정이란 복잡했다. 내 인생은 일시 정지시키더라도 아이의 시간까지 그럴 수는 없는 노릇이었다. 결국 나는 인정할 수밖에 없었다. 나는 아이의 시간에 저당 잡혀 이리로 저리로 끌려다니는 신세가 되었다는 걸. 엄마가 된 이상 '업무 공백' 따위는 없다는 사실을.


아이는 예쁘고 육아는 힘들다


물론 아이를 사랑한다. 누군가를 너무 좋아해서 심장이 쿵 떨어지는 것 같은 일은 더 이상 없을 줄 알았는데…. 갓 나온 아이를 내 가슴팍에 얹고 아이의 얄따란 손가락을 잡아보던 그 순간, 나는 정말이지 '세상에! 인간이란 원래 이렇게 훌륭한 거잖아!'라고 생각했었다. 매일 밤 남편과 손을 꼭 잡고 잠든 아이 얼굴을 가만히 바라본다. 이렇게 예쁘고 귀여운 건 아무래도 불법이 아닐까, 심각하게 얘기한다. 아이가 나에게로 와준 것이 기특하다. 내게 무사히 와준 것만으로도 너는 내게 모든 걸 다 해준 거라고 지금까지 수백 번쯤 말해주었다. 이런 걸 모성애라고 하는 건지는 모르겠다.

지금의 나를 움직이는 가장 큰 원동력은 '책임감'이라는 생각을 한다. 내가 세상에 태어나게 한 존재를 향한 무한한 책임감. 내가 먹이지 않으면 먹을 수 없고, 내가 씻겨주지 않으면 씻을 수 없는 존재를 향한 아주 커다랗고 무거운 마음. 하지만 그것이 내가 하는 일의 어려움과 고단함까지 모두 없었던 일로 만드는 것은 아니다.

그러니까, 육아는 힘들다. 그리고 아이는 예쁘고 사랑스럽다. 이 두 문장 사이에 어울리는 접속사는 아무리 생각해도 '그리고'다. 예쁘고 힘들다, 혹은 힘들고 예쁘다. 아이가 예쁘다고 육아가 안 힘든 것도 아니고 육아가 힘들다고 아이가 안 예쁜 것도 아니다.

회사를 다니던 시절 내겐 마음에 품고 다니던 문장이 있었다.

영감을 찾는 사람은 아마추어이고, 우리는 그냥 일어나서 일하러 간다.

– 필립 로스, 정영목 역, 『에브리 맨』(문학동네)

바꾸어 말해보자면 모성애를 찾는 사람은 아마추어이고 우리는 그저 일어나 아이의 이마에 입을 맞춘 후 하루를 시작할 뿐이다. 우리의 예쁘고 힘든 하루를.

# 3년 차의
# 함정.

육아 3년 차.

세상에 3년 차만큼 위험한 건 없다. 회사원도 마찬가지이다. 이제 신입 티는 벗었고, 맡은 일을 잘 해내 왔다면 주위에서 좋은 평판들도 들리는 시기. 조직 분위기나 업계 및 업무의 특성에 따라 자신이 메인이 되어서 해본 일들도 있는 연차라 나름 큰 그림도 몇 번 보고 대리 승진도 가능한 시점. 제법 업계에 아는 얼굴도 늘어나 행사나 세미나에 참석하면 명함을 주고받을 일보다는 어색하게나마 안부를 나누고 일 얘기를 할 사람이 더 많아져 '아이고, 업계 사람 다 됐다' 싶은 때. 유능하면서도 사려 깊은 선배들은 내게 바로 그때를 조심하라고 했었다. 세상 모든 일이 그렇듯 어느 위치에 있느냐에 따라 보이는 그림이 다를 뿐이라고. 전체 그림을 다 보는 자리 같은 건 없다고.

만으로 3년을 육아 경력으로 꽉 채운 요즘, 이 말이 종종 떠오른다. 농이 섞인 말이긴 해도 내게 '선배님'이라고 부르는 이들이 생기기도 했거니와 나 자신도 누군가가 '어떻게 하는 게 좋을까요?' 같은 육아 고민을 토로할 때면 '그게 말이죠!' 하며 썰을 풀고 싶다는 충동에 사로잡히곤 한다. 하지만 그럴 때마다 늘 숨을 한 번 고르고 나 자신에게 먼저 '과연 그럴까요?' 라고 묻는다. '3년 차의 함정'에 빠지지 않으려는 나름의 노력 이랄까.

물론 직접적으로 의견을 구하는 경우라면 좀 다르지만 그래도 늘 다른 양육자들에게 내 경험을 이야기할 땐 조심스러워진다. 아마도 내가 이제껏 겪어왔던 일들 때문일 텐데 자신이 왕년에 아이를 키워봤다는 이유로 이런저런 훈수를 두고 불안감을 심어주는 사람들이 많았기 때문이다. 하긴 교사 친구에 의하면 '나도 학교 다녀봤어!' 같은 마음으로 교사에게 이런저런 훈수를 두는 사람들도 많다니까. 육아를 전문 영역으로, 노동으로 인정하지 않는 분위기에서는 당연한 일인지도 모르겠다.

## 육아도 계속해서 배우는 일

무엇보다 바당이보다 어린 아이를 키우는 분들에 비해 내 자신이 '경력자'라고 느껴지지 않는 건, 아이를 키우시는 분들의 나이는 물론이고 그 아이들의 월령과도 무관하게 내겐 모두 '육아 동지'라 느껴지기 때문이다(여전히 10대 아이들을 키우는 분들에겐 나도 모르게 "선배님!" "선생님!" 하게 되긴 하지만). 아이를 키울수록 점점 크게 깨닫는 것은 아이의 나이에 따라 양육자의 역할도, 업의 스펙트럼도 굉장히 달라진다는 것이다. 신생아 육아와 기어다니고 짚고 서는 9개월 아이의 육아가 완전히 다르고, 또 18개월과 30개월 아이를 다루는 법도, 위하는 법도 완전히 다르다. 그래서 사실 내가, 나의 아이가 지나온 시기라고 해서 내가 그때에 대해 더 많은 걸 아는 것 같지가 않다. 게다가 아이를 돌보는 방법에도 트렌드가 있고, 그게 꽤 빨리 바뀌는 편이라 내가 잘 썼던 아이템들이 더 이상 유행하지 않기도, 내가 괜찮다고 생각했던 방법이 이미 더 나은 방법으로 대체되어 있기도 하다. 그래서일까. 아이를 키울수록 내가 무언가를 더 많이, 잘 안다는 생각은 들지 않는다.

오히려 나보다 나중에 아이를 낳은 양육자분들에게 더 많이 배우곤 한다. 본격적으로 육아의 세계에 입문하면서 나의

SNS의 팔로잉/팔로워 목록은 바당이와 비슷한 월령의 아이를 키우는 양육자분들 위주로 꾸려졌다. 그러다 시간이 흐르면서 이제 갓 태어난, 혹은 한 살 정도 된 아이들을 키우는 양육자분들로 소통 범위가 좀 넓어졌는데 그분들의 이야기를 듣는 게 참 좋다.

한 번은 2018년에 태어난 아이를 키우고 있는 여러 양육자분들이 대화하시는 걸 보니 '유아차'라는 표현이 거듭나오는 게 아닌가? 이게 무엇인가 하고 찾아보니 다름 아닌 '유모차'의 대체어였다. 아무 생각 없이 써서 전혀 몰랐는데 그러고 보니 중간에 나오는 한자 '모母'가 바로 '엄마'를 의미하는 글자였다. 그 후로는 나도 늘 신경 써서 '유아차'로 고쳐 부르려고 한다. 습관이라는 게 무서워서 자꾸만 "유모차"라고 할 때마다 "유아차! 유아차! 유아차!" 외쳐가면서 말이다. 역시 사람은 계속 배워야 한다.


육아라는 장르


찰리 채플린이 그런 말을 했다고 한다. 인생은 멀리서 보면 희극이고 가까이서 보면 비극이라고. 육아에도 비슷한 이야기를 해볼 수 있을 것 같다. 누구보다도 관계자(?)라서 비하인드 씬에서 무슨 일들이 벌어지는지 알고 있음에도 다른 집 아이가 있는 풍경은 어찌나 한가로워 보이고 또 남의 아이가 부리는 생떼는 하나같이 귀여운 건지. 정말 남의 집 애들 얘기를 들을 때면 얼굴에서 함박웃음이 떠나질 않는다. 먹기 좋으라고 바나나를 반 잘라주었더니 도로 붙여달라고 엉엉 울며 "바나나 부러졌잖아! 다시 붙여줘 내 바나나!" 했다는 어린이 이야기는 언제 들어도 너무 사랑스럽다. 하지만 그게 바탕이었다면? 바나나를 살려내야 하는 게 바로 나였다면?! 영화 〈죠스〉의 주제곡이 자동 재생되며 모골이 송연해지는 것이다.

그렇다. 제아무리 내가 양육자여도 다른 양육자의 육아는 결국 타인의 일이다. 삶의 모든 부분이 그렇듯이 자기 몫의 양육에 대해 그 자신보다 더 진지하게 고민해 본 사람은 없을 것이다. 게다가 내 안에는 내가 수습하지 않아도 되는(중요!) 작은 사람들을 향한 무분별한 귀여움 필터가 있다. 이건 정말 내 의지만으로는 어쩔 수가 없다. 그러니까, 굳이 장르로 따지자면 내 육아는 다큐멘터리(가끔 스릴러), 타인의 육아는 시트콤이다. 그래서 꽉 채운 3년을 보낸 '양육자1'로서 다짐해 본다. 앞으로도 말은 좀 더 신중하되 좀 더 열심히 듣는 4년 차, 5년 차가 되겠노라고.

## 엄마가 되어가는
## 중입니다.

아이를 키우다 보면 나라는 인간의 바닥과 마주하게 된다. 내 좁디좁은 그릇을 실감하는 일이 잦은데 (앞서 잠시 언급했던) 바당이가 두 돌을 갓 넘긴 시점에는 거의 매일같이 그런 일이 있었다. 그맘때 바당이는 약간 헐크 같았다. 거의 항상 화가 나 있는 상태였달까? 지나고 나서야 이것이 바로 '미운 세 살'이자 전 세계적으로는 '공포의 두 살'로 불리는 시기라는 것을 알았다. 블록을 쌓다가 자기 맘대로 안 된다고 울면서 다 때려 부수고 그러다 다 부서졌다고 또 대성통곡을 하고, 졸리거나 피곤해서 짜증이 날 때면 나와 남편을 때리기도 했다. 몇 번을 얘기해도 듣는 법이 없었다. 던지지 말라고 얘기하는 와중에도 던지는 일이 반복됐다. 그런 상황에서도 평정심을 유지할 수 있다면 좋았겠지만(과연 가능할지 모르겠다), 막무가내인 아이에게 매번 다정하기란 불가능했다. 그러다 한 번씩 참지 못하고 불쑥 화를 내뱉고 나면 또 내가 너무 못난 사람 같아서 그 말들을 도로 다 주워 담고 싶었다.


## 훈육이라는 착각

한창 이쪽 컵에 담긴 물을 저쪽 컵으로 옮기는 것에 재미를 붙인 아이는 그날도 식탁을 물바다로 만들어 놨다. 엄마가 도와줄 테니 화장실에 가서 하자고, 그러다 이제 옷까지 다 젖겠다고 벌써 여러 번 말했는데 들은 척도 않더니…. 나도 이미 식탁과 바닥을 여러 번 닦은지라 더 이상은 말이 곱게 안 나갔다. "바당아. 그것 봐. 엄마가 하지 말라고 했잖아! 좀! 도대체 왜 그래?"

내 뾰족한 말투와 날카로운 목소리에 놀랐는지 바당이는 "미안해요"라고 하더니 풀 죽은 얼굴로 미동도 하지 않고 앉아 있었다. 아아, 내가 대체 뭔 짓을 한 것인가. 아이를 통제해야 하는 상황은 분명했지만 이런 식으로 해선 안 됐다. 누군가 내게 그렇게 말했다면 나는 그 사람을 조용히 미워했을 것이다. 말 그대로 이미 엎질러진 물, 누구보다도 그 물을 엎지른 아이가 제일 속상하고 가뜩이나 고집을 피운 일이 그리 되어 머쓱할 텐데 거기에다 대고 굳이 "내가 뭐랬어! 내 말이 맞지!" 하는 심보라니. 어휴, 정말 못났다, 못났어!

아이에게 대체 어떻게 말을 해야 할지가 막막했다. 아무리 말을 해도 아이에게 가닿지 않는 것 같은 상황이 반복되자 답답함은 이루 말할 수가 없었다. 그때 '훈육'을 다룬 양육서들을 꼼꼼히 읽기 시작했는데 그간 내가 훈육에 대해 오해하고 있었다는 걸 깨달았다. 이 시기의 아이들은 아직 어떤 것이 옳은지 그른지를, 또 괜찮고 괜찮지 않은지를 모른다는 것이다. 그 때문에 잘못된 행동을 알면서도 일부러 반복하는 것이 아니라, 적절한 모델이 없으니 일단 그저 하고 싶은 대로 하는 것이란다. 여태껏 나는 '훈육'을 잘못한 아이를 혼내고 다그쳐 수정하는 일이라고 생각했었는데 그것부터가 잘못됐던 셈이다. 훈육이란 아이가 아직 모르는 규칙들에 관해 설명을 하고, 해도 되는 일과 해선 안 되는 일의 범주를 나눠주는 작업에 가까웠다. 새로 산 전자기기의 사용설명서처럼 말이다. 필요한 건 타박이나 야단이 아니라 건조하고 핵심만 담은 말이었다. 그러고 나니 마음이 조금 편해졌다. 무조건 자기가 하고 싶은 대로 하겠다는 아이의 태도는 나에겐 '고집'이었지만 아이 입장에선 '의사 표현'이었다는 것을 알았으니까. 아이를 존중한다고 말해왔으면서도 사실은 그저 아이가 내 말을 잘 듣고 얌전히 내가 하자는 대로만 따라오기를, 그렇게 해서 우리의 안온한 일상이 유지되기를 바란 것은 아니었는지 돌아보게 됐다.


## 양육자의 공부엔 끝이 없어라

아이만큼이나 나 역시 완전히 새롭게 배워야 했다. 작은 사람들과 이야기하는 법에 대해서. 내가 떠올리는 익숙한, 그래서 괜찮다고 여겼던 말들은 이미 낡은 지 오래였다. 아이에게 양육자의 감정을 숨길 필요는 없지만 "엄마를 왜 이렇게 힘들게 해" "자꾸 떼쓰면 망태 할아버지가(혹은 저기 경찰 아저씨가) 이놈! 한다" "빨리 와, 안 오면 너 두고 간다"는 적절한 표현이 아니었다. 그보단 "네가 계속 짜증을 부려서 엄마도 기분이 안 좋아" "엄마 먼저 가 있을게. 얘기할 준비되면 와" 같은 식이 바람직했다. 무엇보다 상상 속의 인물이나 제3자를 끌어들여 아이의 공포심을 자극하는 것은 피해야 할 화법이었다. 아이의 언어 발달 정도에 따라 가정 표현을 사용하는 건 괜찮았지만 긍정적인 상황을 심어두는 것이 훨씬 효과적이라고 했다. "자, 엄마는 뛰어갈 건데 한번 같이 가볼까? 네가 먼저 도착하면 간식 먹는 거야!" 같은 식으로 말이다. 사실 양육의 모든 순간에 그래야 한다는 건 '미션 임파서블'에 가깝게 느껴지지만, 여하튼 원칙이라는 것은 그랬다. 원래 말이라는 게 '아' 다르고 '어' 다르지 않나.

사실 나도 처음에는 '아이에게 하기 쉬운 말실수' 같은 가이드들을 보면서 도대체 어떻게 말하라는 거지 싶기도 했다. 이것도 안 된다, 저것도 안 된다, 이렇게 하면 아이가 혼란스러워한다, 불안해한다 등의 연속이었다. 그러다 바람직한 예시로 나온 문장들을 살펴보면서 알게 됐다. 물론 아주 큰 인내심과 배려심을 요구하는 일이긴 했지만 아이를 대화 상대로 존중하되 아이의 말 높이에 맞추는 세심한 대화자가 되면 됐다.

아이를 키울수록 아이를 나와 동등한 존재로 존중하지만, 늘 더 많은 권력을 가진 양육자로서 아이를 배려하고 지도한다는 게 제일 어렵다. 훈육은 그 정점에 있다.

나름대로 전문가들의 의견을 참고해 공부를 하고 시행착오를 겪으며 내가 세워본 기준은 이렇다. 앞에서 한 번 언급한 적 있듯이, '이 말과 행동을 성인에게도 똑같이 할 수 있나?'라고 자문해보는 것이다. 내가 내 친구랑 의견 충돌이 좀 있다고 "됐어. 나 갈 거야" 하던가? 남편과 서로 주말을 보내고 싶은 방식이 다르다고 "넌 진짜 왜 그렇게 내 말을 안 듣니?"라고 얘기하나? 그러면 효과가 있나? 문제가 해결되던가? 이런 식으로 말이다. 그럼에도 아이한테 그렇게 할 수 있다면, 그건 내가 아이에 비해 언제나 더 많은 힘을 가지고 있기 때문이다. 나는 그 점을 늘 잊지 않으려고 한다.

## 훈육을 넘어서 칭찬까지

훈육에 관해 공부하면서 개인적으로 가장 흥미로웠던 건 '제대로 칭찬하는 법'이었다. 훈육이란 옳고 그름을 가르치는 것이기 때문에 아이의 그른 행동을 지적하는 것부터 긍정적인 피드백까지 아우르는 것이었다. 당연히 칭찬 역시 중요한 파트였다. 타고난 것을 칭찬하고 결과를 부각시키는 것보다, 아이의 노력과 성취 과정에 중점을 두라는 조언들이 많았다. 근사한 말이긴 하지만 실생활에선 어떻게 표현해야 하는 건지 좀 막막했다. 그중 가장 도움이 된 건 그냥 "사실을 말하라"라는 것이었다. 있는 그대로. 바당이가 블록을 높게 쌓곤 의기양양한 표정을 지을 때면 "와, 우리 바당이 블록을 정말 높게 쌓았구나!" 그 정도면 충분했다. '잘했다' '좋다' 같은 가치판단 대신 '꼼꼼하다' '기발하다' '재밌었겠다' '즐거워 보인다' 같이 구체적인 묘사가 더욱 바람직하다고 했다. 관심과 애정을 가지고 지켜본다는 걸 아이가 느낄 수 있으면 충분했다.

아이가 신생아였던 시절에 '수면 교육'이라는 것의 존재를 알곤 깜짝 놀랐었다. 세상에. 처음엔 "자는 것 마저 가르쳐야 한단 말이야?" 싶었고 그 놀라움은 그 이후로 "뭐라구요? 빨대 빠는 법도 가르쳐야 한다고요?" "코, 흥! 하는 것도요?" "치카치카하고 우물우물 퉤! 하는 걸요?" 등등으로 이어졌더랬다. 그런데 아이를 키울수록 아이만큼이나 나 역시 배워야 할 일이 많은 사람이라는 것을 깨닫는다. (세상에 그간 아이랑 제대로 말하는 법도 몰랐구나! 어리석은 자여!) 나 역시 아이와 함께 부단히 배우고 있다. 이렇게 엄마가 되어가고 있다.

# 아이가 나를
# 키운다。

그날도 아이를 재우고 거실로 나와 소파에 널브러졌다. 손을 뻗어 테이블에 올려져 있는 리모컨으로 TV를 켰다. 그날의 넷플릭스는 친구들이 추천해준 〈글로리아 올레드: 약자 편에 서다〉라는 다큐멘터리였다. 한창 할리우드의 거물 제작자인 하비 와인스타인에 대한 고발을 시작으로 '미투me too 운동'이 시작되던 시즌이었다. 글로리아 올레드는 오래전부터 바로 이런 유명 남성들이 저지른 성범죄 피해자들의 법률 대리를 맡아온 여성 변호사였다. 그녀는 젊은 시절부터 여성 인권에 관심이 많았고 커리어에도 자신의 가치관을 적극적으로 반영했다. 다큐멘터리는 그 줄기를 그대로 따라간다. 그녀가 맡았던 걸출한 소송들을 하나씩 짚어나가면서 말이다. 그런데 그 위대한 업적 중 내 시선을 사로잡은 건 채 1분도 되지 않는 길이로 짧게 스쳐 간 장면이었다. 글로리아 올레드가 장난감을 여아용과 남아용으로 나누어 진열한 마트를 고소한 것이다.


여아용 남아용 장난감이 따로 있다고?

장난감 문제는 사실 오랫동안 나를 괴롭게 했었다. 국내 대형 마트도 여전히 장난감을 여아용/남아용으로 구분해서 판매 중이다. 세상에서 그만큼 성 역할을 충실히 따르는 곳도 없을 것 같다. 여아 코너에는 인형놀이와 주방놀이가, 남아 코너에는 자동차와 공구놀이가 있다. 가까이 갈 필요 없이 멀리서도 구분이 가능하다. 여아 코너는 온통 핑크색 내지는 파스텔 톤이고 남아 코너는 온통 파란색에 무채색이라 둘은 영영 만날 수 없는, 완전히 다른 세계처럼 보이기 때문이다.

나는 가끔 그 문제들에 대해 이야기하곤 했다. 계산하면서, 장난감 위치를 묻는 도중에, 콜센터나 공식 홈페이지에. 가볍게, 때로는 진지하게 이유를 묻기도 하고 꼭 그럴 필요가 없는 것 아니냐고 시정을 요구하기도 했다. 돌아오는 대답은 비슷했다. "제가 할 수 있는 일이 아니다." "위에 말씀 드려보겠다." "본사방침이다." "저도 좀 그렇긴 한데…." "죄송하다." "저희

지점만 임의로 바꿀 수는 없다." 그런 말들에 내가 할 수 있는 건 "네, 이해해요. 그런데 이 문제에 대해 좀 진지하게 생각해보셨으면 합니다. 요즘이 어떤 세상인데요" 정도였다.

그런데, 이걸 고소했다니! 심지어 해결했다니! 너무 놀라운 일이었고 그 장면을 보자마자 일시정지 버튼을 누르고 검색부터 했다. 세상에, 심지어 승소해서 해당 장난감 가게 전 지점에 '장난감에 성별에 관련된gender-related 표기를 금지한다'는 판결 명령이 떨어졌단다. 정말 놀라웠다. 어떤 법적 근거로 그런 판결이 난 건지는 잘 몰랐지만 이미 한 명의 여성이 수십 년 전에 그 문제를 해결했다는 것 자체가 굉장히 임파워링되는 일이었다. 사소하고 개인적인 불평불만으로 치부되는 일을 사회적 의제로 이끌어내고 변화를 주도한 사람. 그 울림은 생각보다 컸다.


판을 벌여보자!


나 역시 좀 더 판을 벌여보기로 했다. 문제를 인식하는 데까지는 갔으니 대안을 제시하고 좀 더 적극적으로 변화를 요구해보자는 생각이었다. 무엇보다 나에게는 이미 비슷한 문제의식을 공유하고 있는 든든한 육아 동지들이 트위터에 있었다. 살짝 운만 띄웠는데도 함께하겠다며 나선, 느슨하지만 든든한 연대를 보여주는 이들이 나에게 많은 용기를 주었다. 장난감의 여아용/남아용 구분과 함께 양육 과정에서 문제라고 여겼던 몇 가지 이슈에 집중하기로 했다.

우선, 아동복 쇼핑몰에서 여아 모델들을 과하게 꾸미고 성적으로 대상화한다는 문제 제기가 있었다. 아직 어린아이들에게 볼터치와 속눈썹 등 과한 화장을 시켜 착장 사진을 찍고 여아옷에 "섹시 토끼의 오후" 같은 문제가 있는 네이밍을 사용한 곳도 있었다. 해외의 아동복 광고물들이 여아옷/남아옷 할 것 없이 모두 '활동성'을 강조하고 아이들의 '생동감' '쾌활함' '에너지' 등을 표현하는 것과 비교해보면 국내 아동복 시장은 확실히 좀 이상했다. 오픈폼을 활용해 문제가 되는 업체들을 리스트업하고 대안으로 소비할만한 곳들을 공유해나가기로 했다. 또, 아이의 월령에 맞춘 책과 애니메이션, 간단한 장난감을 보내주는 서비스에도 릴레이 항의를 하기로 했다. 매월 함께 오는 교재 활용법 및 월령별 발달사항과 그에 따른 양육 지도법이 담긴 책자의 제목이 "같이 크는 엄마"였기 때문이다. '엄마'라는 표현 대신 '양육자'가 적절한 표현이라고 생각했다(실제로 책자 상단에도 영어로 'parenting', 하단에도 '부모 가

이드'라고 적혀 있다). 양육은 일단 여성인 엄마의 몫이라고 전제하는 것, 또 여자는 아무리 아이일지라도 '꾸며야 한다'는 메시지를 은연중에 전달하는 것, 여아와 남아가 좋아하는 장난감과 색상은 정해져 있다고 보는 것. 그런 것이 문제가 될 수 있다는 것을, 이런 것에 예민하게 반응하는 양육자들이 있다는 것을 업계가 알게 하고 그래서 기존의 관습을 점검하도록 유도하는 것. 일단은 그걸 목표로 해볼 작정이다.


작은 변화라도 만드는 사람


나는 그냥 보통 사람이다. 불편함을 감지하는 안테나가 좀 여러 개고 무례한 걸 못 견디는 사람이긴 해도 내가 겪는 모든 불편과 부당함에 꼬박꼬박 맞서는 타입은 아니었다. 항의할 때도 있지만 (주로 싸울 에너지가 없다거나 말하면서 내 기분이 상하고 싶지 않다는 이유를 들어) 적당히 넘어가거나 가까운 사람들에게 털어놓으며 불쾌했던 감정을 털어버리는 적이 더 많은, 딱 그런 사람이었다. 그런데 어쩐 일인지 아이를 가지면서 본의 아니게 전투력과 행동력이 대폭 상승하고 말았다. 아이가 살아나갈 세상을 조금이라도 더 나은 곳으로 만들고 싶다. 아이를 키워보니 아이가 생각보다 빨리 큰다는 사실에 놀랐다. 시간이 생각보다 많지 않다는 걸 알았고, 그런 탓에 변화를 기다리는 사람이 아니라 작은 변화라도 만들어나가는 사람이 되고 싶어졌다. 다들 내가 아이를 키운다고 말하지만, 반은 맞고 반은 틀렸다. 사실은 아이가 나를 자라게 한다.

## 완벽주의자의 육아
## : 흑역사 편。

출산 당일, 나는 해방감에 들떠 있었다. 이제 아이를 낳았으니 모든 게 '끝'이라고 생각한 거다. 출산이야말로 앞으로 벌어질 모든 일의 창대한 시작임을 그땐 꿈에도 몰랐다…. 뭔가가 잘못되어가고 있다고 깨달은 건 출산 4일 차, 조리원에 입소한 날이었다. 삼계탕을 먹고 한숨 푹 자고 일어났더니 양쪽 가슴이 돌덩이가 된 채로 겨드랑이까지 솟아올라 있었다. 얼마나 단단한지 누를 수도 한 손으로 잡을 수도 없었다. 혈관들이 튀어나와 만져질 정도였고 유두와 유륜은 너무 딱딱해져서 손가락으로 잡을 수조차 없었다. 몸은 축축 처지고 온몸이 뜨거웠다. 젖몸살이라고 했다.

모유 수유 초반에는 유구염, 유선염, 유두염 등 각종 염증에 시달렸다. 다행히 수유 주기가 잡히고 아이도 나도 수유 자세에 익숙해지면서 나아졌지만 그게 전부는 아니었다. 나는 그

때까지도 전혀 알지 못했다. 양육은 단거리가 아니라 장거리, 그것도 앞으로 내 남은 인생에서 계속될 레이스라는 것을. 모유 수유는 말 그대로 내 몸속에 남아 있는 에너지와 영양소를 계속해서 소진하는 엄청난 강도의 육체노동이었다. 결국 나는 '산후풍'이라 불리는 신경통에 시달리기 시작했다. 손가락과 손목이 저리고 힘을 제대로 줄 수 없는 것은 물론, 자려고 누우면 손끝과 발끝에 전기가 오르는 것처럼 찌릿찌릿해 잠을 이룰 수 없었다.

남편과 엄마는 진지하게 나를 말렸다. 틈날 때마다 내게 모유 수유는 하지 않아도 된다고. 아니 지금 네 몸 상태에선 하지 않는 게 맞다고 여러 번 얘기했다. 그래도 나는 꿈쩍하지 않았다. 보다 못한 엄마가 내게 "얘, 너도 분유 먹었다니까!"라며 소리쳤지만 소용없었다. 결국 내가 단유를 한 건, 내가 내 머리카락을 말리는 것조차 힘들어진 후였다. 팔목이 아파서 헤어드라이어를 10초 이상 들고 있을 수도, 손가락 사이사이로 머리카락을 헤집어가며 머리의 물기를 털어낼 수도 없었다. 겨우 머리를 감고 나와서는 뚜껑을 닫은 변기 위에 앉아 남편이 내 젖은 머리를 말려주길 기다리곤 했다. 깜빡 졸다가 헤어드라이어 소리에 정신이 번쩍 들었다. '세상에, 내가 대체 내 몸에 무슨 짓을 하고 있는 거지?' 나는 모유 수유를 그만뒀다. 바당이가 만 6개월에 접어들던 때였다.


## 흑역사는 반복된다

이게 내 흑역사의 전부라면 좋을 테지만 비슷한 일들이 꽤 오랫동안 이어졌다. 단유를 하고 완전 분유 수유로 넘어가면서 바당이가 분유를 조금씩 게우기 시작한 거다. 분유를 몇 번 바꿔봤지만 비슷했다. 그렇다고 분수토를 하거나 심각한 정도는 전혀 아니었다. 지금 생각해보면, 우유를 먹고 바로 앉아 있거나 서 있는 것도 아니고 거의 엎드려 있거나 한창 기어 다닐 때이니 어느 정도 당연한 일이었던 것 같다(그리고 대부분의 시간을 서서 보내면서 바당이는 분유를 게우지 않게 됐다). 그런데도 내 온 신경은 곤두서 있었다. 모유 먹을 땐 한 번도 게운 적 없던 아이가 분유를 먹자 그런다는 데 방점이 찍혔다. 내가 완모를 해야 했는데, 그러지 못해 바당이가 고생하는 것 같다며 울기도 했다. (세상에, 호르몬의 농간이란.) 급기야 나는 분유 수유가 끝나면 아이를 기본으로 한 시간씩 안고 있기 시작했다. 나만 그랬으면 모를까 가족들한테도 꼭 그래야 한다고 강요하고 일장 연설을 늘어놓으며 감시하기에 이르렀다.

당시 엄마가 나를 도와주기 위해 우리 집에 와 있었는데 엄마랑 남편이 나 대신 수유를 했을 때면 무슨 독립군 사이에 끼어 있는 앞잡이라도 색출하듯이 "분유 먹이고 바닥에 안고 있었지?" "얼마나 안고 있었어?" "게웠어, 안 게웠어?" 하며 따져 묻곤 했다. 돌이켜보니 그때 나는 정말 이상했다. 나와 크게 맞서지 않고 그 이상함을 '산욕기(출산 후 산모가 정상적으로 회복되는 시기)'라고 이해해준 엄마랑 남편한테 고마울 정도다. 그때 나를 사로잡고 있던 그 감정이 대체 무엇이었는지 여전히 잘 모르겠다. 호르몬 때문이었을까. 이 아이를 잘 돌봐야 한다는 과도한 책임감 때문이었을까. 내 몸이 혹사당하고 있다는 걸 누구보다 잘 알면서도 참아야 한다고, 나는 할 수 있다고 믿었던 것. 나의 고질병인 완벽주의와 내가 그토록 학을 떼고 거부하고자 노력했던 '모성애 신화'가 만나 '완벽한 엄마가 되어야 한다'는 강박을 만들어냈던 건 아닌가 싶다.

# 완벽주의자의 육아
## : 점진적 해결 편。

　　흑역사 때보다는 육아에 대한 부담을 조금 내려놓은 듯 보이지만, 솔직히 아직도 매 순간 아이에게 완벽해야 한다는 강박에서 자유롭지 못하다. 여전히 아이를 대하는 나의 사소한 버릇이나 습관들이 아이를 망치고 있을지도 모른다는 불안이 이따금 밀물처럼 밀려오곤 한다. 그럴 때마다 여러 번 소리 내어 말해보고 베껴 써보기도 하는 문장이 있다.

　　당신은 자녀를 완성시키지도, 파괴시키지도 못한다. 자녀는 당신이 완성시키거나 파괴시킬 수 있는 소유물이 아니다. 아이들은 미래의 것이다.
　　　　　　　　　　　　　－ 주디스 리치 해리스, 최수근 역, 『양육가설』(이김)

　　이 책을 거칠게 요약하자면 사실 부모는 아이의 인생에 그다지 큰 영향을 미치지 못한다는 것인데, 처음 이 책을 읽었을 때 느꼈던 엄청난 해방감, 그리고 무력감은 아직도 생생하다. 마음 한구석에선 내가 아이를 잘(?) 키우기만 하면 그 아이가 내가 바라는 대로 잘 자랄 거라는 헛된 믿음을 갖고 있었다. 아이를 내가 바라는 사람으로 길러낼 수 있다는 쪽이나, 나의 어떤 면면이 아이를 완전히 망칠 것이라는 생각이나 모두 환상이긴 마찬가지라는 걸. 내가 아이의 인생에서 가장 영향력 있는 인물은 아닐 거라는 사실을 받아들이는 게 쉽지만은 않았다. 하지만 아이가 점점 자라고 걸을 수 있게 되고 말을 할 줄 알게 되고 무엇보다 '싫어!'라는 말을 할 줄 알게 되면서 양육에 대한 나의 관점도 서서히 바뀌었다. 양육은 내가 깃발을 들고 앞장서서 진두지휘하는 게 아니라 나와 아이가 나란히 서서 함께 뛰는 이인삼각과 더 닮았다는 걸 깨달은 후로 나는 조금씩 편안해졌다.


양육자는 완벽할 수 없다


이유식이나 유아식에 관한 책을 보면, 아이에게 과일 퓨레를 해줄 땐 영양소 보존을 위해 과일을 믹서기에 갈지 말고 찐 다음 체에 내려 먹이라고 되어 있다. 아이에게 처음 사과 퓨레를 해주던 시절에는 두어 번 정도 그렇게 했었다. 물론 계속 그렇게 해준다면 더 좋겠지만, 이제는 어떤 선택의 옵션들이 있을 때 기회비용을 따져보곤 한다. 영양소가 듬뿍 들어 있는 과일 퓨레를 준비하는 동안 아이는 내가 같이 놀아주지 않는다고 짜증을 낼 수도 있고 그러다 보면 높은 확률로 나도 짜증이 날 것이다. 과일을 찐 냄비와 거름망, 숟가락 등등 믹서기로 할 때보다 설거지가 복잡해지는 것도 큰일이다. 무엇보다 매번 그렇게 숟가락으로 과일을 꾹꾹 눌러 체에 내리다가는 내 손목이 남아나질 않을 것 같았다. 바당이 입장에서도 내가 파괴되는 것보단 영양소가 파괴되는 쪽이 좀 더 낫지 않을까. 그렇다면, "퓨레는 그냥 믹서기에!" 요즘엔 그렇게 생각할 수 있게 됐다.

양육자는 완벽할 수 없다. 최선의 답을 찾으려는 노력은 계속하겠지만 그게 언제나 최고의 선택일 수는 없다. 이제는 그걸 안다. 그래서 아이들이 그렇게 쉽게 망가지지도, 마냥 부모 마음대로 되는 존재도 아니라는 것이 나에겐 오히려 힘이 됐다. 또 '아이는 미래의 것'이라는 말은 또 얼마나 옳고도 아름다운지, 내가 낳기는 했지만 아이가 제힘으로 시간을 달려서 마침내 어떤 시절의 주인이 될 거라고 상상해보면 생명력이랄까, 생의 감각 같은 게 느껴진다. 요즘엔 종종 가만히 앉아 머릿속으로 그 장면들을 그려본다.

## 착한 어린이가
## 될 필요 없어.

"엄마는 착한 어린이예요?"

"음… 나?"

"네, 엄마 착한 어린이예요? 선물 받을 수 있어요?"

"음… 글쎄. 엄마는 착할 때도 있긴 한데 아닐 때도 있지. 그
냥 엄마는 엄마가 좋아하는 사람들이랑 적당히 기분 좋게 어
울리면서 지내는, 뭐 그런 사람이야! 선물은 받을 수도 있고
못 받을 수도 있겠지?"

한 번씩 이렇게 '마음의 소리'가 나도 모르게 입 밖으로 나
올 때가 있는데 오늘이 그런 날이었다. 아이를 키우다 보면 입
바른 소리를 해야 할 때가 많은데 그게 좀 답답하기도 하고,
이게 정말 아이에게 도움이 되는 얘기인지 아니면 그냥 나 편
하자고 하는 얘기인지 헷갈릴 때가 있기 때문이다. 그래도 아

이 입장에서는 혼란스러울 수도 있으니까 되도록 자제하는 편인데 그날은 어쩐지 바당이에게 '꼭 착한 어린이가 될 필요는 없어'라는 말을 해주고 싶었다.


꼭 착한 어린이가 될 필요는 없어


시작은 크리스마스였다. 바당이는 원에 다니기 시작하고 처음 맞이하는 크리스마스 파티에 들떠 있었다. 본격적으로 '산타 할아버지'와 '선물'의 관계를 알게 됐고, 산타 할아버지의 업무를 비교적 상세하게 서술하고 있는 동요, 〈울면 안 돼〉의 가사 '산타 할아버지는 알고 계신대, 누가 착한 앤지 나쁜 앤지'를 따라 부르면서 부쩍 '착한 어린이 되기'에 공을 들이는 눈치였다. 한참 놀다가 알아서 장난감을 정리하기에 "와, 바당이 멋지다. 최고!" 하면 "엄마 나 착한 어린이죠?"라고 되묻고 "바당이가 혼자 손 씻었어요. 착하죠! 산타 할아버지가 선물 많이 주시겠네요?" 하는 식이었다. '나도 선물 받고 싶다!' '착한 어린이가 돼야지!' 뭐, 귀엽고 당연한 마음이다. 편한 구석도 있었다. 바당이가 떼를 쓰거나 고집을 부릴 조짐이 보일 때 '산타 할아버지'를 언급하는 것만으로도 엄청난 효과가 있었으니 말이다. "바탕아, 근데 그러면 산타 할아버지가 우리 집에 안 오실 것 같은데?" 이 한마디면 대체로 모든 상황이 아름답게 종료됐다.

하지만 아이가 자신이 착한 어린이인지 아닌지 확인 받으려고 하는 일이 반복되자 마음 한구석이 좀 불편했다. 사실 나는 아이에게 '착하다'는 말을 최대한 피해왔었다. 대신 '다정하다' '마음이 예쁘다' '생각이 깊다' 같은 식으로 말을 고르곤 했었다. 왜냐하면 나는 바탕이가 '착한 어린이'가 되길 바라지 않았다. 좀 더 솔직히 얘기하자면 나는 '착하다'는 말에 약간의 거부감이 있는 편이었다. 사전에서 말하는 '착하다'의 뜻은 다음과 같다.

- 착하다

  [형용사] 언행이나 마음씨가 곱고 바르며 상냥하다.

단어 자체에는 아무 문제가 없었다. 하지만 '착하다'는 말을 쓰는 상황을 떠올려보면 여전히 서걱거렸다. 아이들에게 쓰는 '착하다'라는 표현은 대략 이 정도 느낌인 것 같다. '친구들과 싸우지 않고 사이좋게 지내고, 또 인사 잘하고 엄마, 아빠, 선생님 등 어른 말을 잘 듣는 것.' 뭐 딱히 나쁜 구석이 있는 말은 아니다. 하지만 너무나 모범적이고 또 어른들 보기에 좋은, 어른들이 다루기 쉬운 아이의 모습을 말하고 있는 것은 아닐까? 내 불편함의 정체는 그것이었다. 아이들을 마치 상상 속의 유니콘처럼 보는 것. 사실 아이들의 세계도 어른들의 세계처럼 꽤 복잡한데 말이다.

바당이의 사회생활을 지켜보면서 알게 된 것인데, 아이들에게도 나름 다층적인 갈등 상황이 있다. 한 번은 키즈카페에서 아이가 혼자 잘 놀기에 잠시 음료를 사러 다녀온 적이 있다. 몇 분 안 되어 돌아갔는데 아이 얼굴이 어쩐지 뾰루퉁했고, 바로 옆에 아이 두 명과 바당이 사이엔 냉랭한 기류가 흘렀다. 뭔가 갈등이 있었나 보다 싶어 옆에서 지켜보고 있었는데 아니나 다를까 옆에 있던 아이 중 하나가 바당이를 가리키며 "얘 몇 살이에요?" 하고 물었다. "응, 얘는 네 살이야" 했더니 "근데 얘 왜 우리한테 까불어요?" "왜 반말해요?" 하는 것이 아닌가! 음, 어디서부터 이야기를 풀어가야 하나 싶었는데 마침 그 아이들 보호자가 이제 갈 시간이라며 아이들을 불렀다. 아이들이 가고 나서 지나가는 말로 "바당아, 누나랑 형아랑 기분 좋게 사이좋게 하지 그랬어"라고 했는데 아이 얼굴이 금방 억울해졌다. 바당이는 자리를 털고 일어나면서 "누나랑 형아가 내가 먼저 타고 있던 거 뺏었단 말이에요!"라며 항

175

변했다. 그때 바당이에게 '사이좋게' 지내라는 말이 어떻게 들렸을까. 그 자체로는 나쁜 것 하나 없이 바르고 예쁜 말이지만 당장 아이의 마음을 헤아려줄 수 있는 말이 아닌 것은 물론이고, 다음번에 비슷한 상황이 벌어져도 아이에게 도움이 되는 말은 아닌 것 같았다.


## 아이들의 갈등 관리 방법

우연히 SNS에서 미국에 거주하며 아이들을 현지 유치원에 보내고 있다는 양육자가 올려주신 '갈등 관리 방법Conflict management skills'이라는 매뉴얼을 보게 됐다. 만 5, 6세의 아이들이 배우는 것으로 귀여운 개구리 캐릭터 일러스트가 그려진 원판이었다. 이 차트에서는 아이들에게 갈등 상황에서 벗어나는 총 9가지의 해법을 다음과 같이 제시한다.

- 다른 놀이 하러 가기(Go to another game)
- 대화를 나눠보기(Talk it out)
- 차례차례 돌아가면서 하기(Share and take turns)
- 무시하기(Ignore it)

- 그 장소를 떠나기(Walk away)
- 하지 말라고 얘기하기(Tell them to stop)
- 사과하기(Apologize)
- 거래하기(Make a deal)
- 마음이 가라앉을 때까지 기다리기(Wait and cool off)

참 유용한 방법이지 싶었다. 지금 벌어진 상황을 해결하는 데 가장 적합하고도 효과적인 방법이 뭘까, 아이가 스스로 고민하고 결정할 수 있도록 도와주면서도 천편일률적인 도덕률을 강조하는 방식도 아니었기 때문이다. 그저 두루뭉술하게 "착하고 사이좋게 지내야지"라는 말만 하는 것보단 다양한 선택지가 있다는 것을 알려주는 게 아이의 생활에도 실질적인 도움이 되지 않을까.

내가 좋아하는 노래에 이런 가사가 나온다.

내가 어렸을 적에 엄마 칭찬이 좋아서 말 잘 듣는 아이인 척했던 시간이 많았더랬죠.

– 델리 스파이스, <저도 어른이거든요>

아이들은 칭찬받고 인정받는 것을 좋아한다. 하물며 어른들도 그런데, 많은 애정과 관심을 바라는 이 작은 사람들의 경우는 말할 것도 없다. 아이들은 자신이 좋아하는 사람에게 칭찬받고 예쁨받기 위해서라면, 오로지 그 이유만으로 어떤 일들을 기꺼이 감내하기도 한다. 그렇기 때문에 아이가 마냥 착한 아이가 될 필요는 없다는 걸, 그게 그리 중요한 일이 아니라는 것도 알았으면 싶은 것인지도 모르겠다.

바당이에겐 늘 그렇게 얘기한다. 오늘 하루도 친구들과 즐겁게 지내다 오라고. 선생님이랑 한 약속들도 잘 지키라고. 꼭 '착한 어린이'가 되지 않더라도 그 정도면 충분하지 않을까 싶다. 그래도 아직은 산타 할아버지 선물의 진실을 알려줄 배짱까지는 없으니까.

# 엄마라는
# 직업。

한 날 정말 기묘한 꿈을 꿨다. 내가 갑자기 무슨 회사의 최종 면접을 보게 됐는데 역시 꿈답게 엄청난 속도와 말도 안 되는 전개 끝에 앉은자리에서 바로 연봉계약서 같은 것을 쓰고 있는 게 아닌가. 나는 앞에 놓인 서류에 사인을 하기 직전이었다.

- 직책 : 바당엄마
- 근무시간 : 풀타임
- 연봉 : 360만 원 (월급 아님 주의)
- 특이사항 : 야근/주말수당 없음, 이직/퇴사 불가

꿈에서 본 그 서류에는 '직책 : 바당엄마'이라는 글씨가 대문짝만하게 쓰여 있었는데, 아무리 꿈이라지만 정말 깜짝 놀랐다. 그날 처음 번호 교환을 한 동네 친구가 내 이름을 바당엄마라고 저장하는 걸 보면서 흠칫했던 마음이 꽤 오래 남아 있었나 보다.

"안 돼! 사인하지 마! 사인해선 안 돼!"

속으로 열심히 외쳤던 덕택인지 꿈은 사인을 앞둔 그 시점에서 끝이 났고 나는 얼떨떨한 기분으로 하루를 시작했다.


무급노동자가 됐다


나는 임신과 출산으로 경력이 단절된 케이스는 아니다. 야근과 병가를 반복하다가 더 이상 이렇게 살고 싶지 않다는 마음으로 남편과 동반 퇴사를 하고 제주로 내려갔다. 그 곳에서 내가 정말 하고 싶은 일을 찾아볼 요량이었다. 퇴사하던 날 함께 일했던 동료들에게 쓴 메일에는 그렇게 적었다.

이렇게 있다가는 '우물쭈물하다 내 이렇게 될 줄 알았지'가 제 묘비명 또한 될지도 모른다는 위기감에 이렇게 퇴사를 결심하게 되었어요. 남편과 함께 잠시 제주에 머무르면서 앞으로의 날들을 도모해보고자 합니다.

물론 도모하고자 했던 다음, 나의 두 번째 직업이 엄마가 될 줄은 나 역시 상상조차 못한 일이었다. 본격적인 가사노동자이자 돌봄노동자가 된 나를 가장 괴롭혔던 것은 어떤 숫자도, 어떤 단어도 내가 하고 있는 일을 보여주지 않는다는 사실이었다. 나는 아이를 키우는 일을, 내 일상을 돌보는 일을 단 한 번도 비천하다 여긴 적이 없었다. 남편 역시 '사실 모든 엄마들은 워킹맘이다. 애 키우는 것도 엄연한 일인데 워킹맘이니 전업주부니 하는 표현 자체가 이상하다'고 하는 사람이었지만 사회의 시선은 달랐다. 나는 분명히 회사원이었던 때처럼 산더미 같은 일을 처리하느라 종일 종종거렸지만 사람들은 내게 아무렇지 않게 '집에서 논다'고 얘기했다. 세상에, 놀다니. 연봉도, 명함으로도 증명될 수 없는 무급노동자 신분이란 그런 것이었다.

어느 날은 나의 하루를 쭉 돌이켜보는데 이건 뭐 쉴 틈 없는 노동의 연속이구나 싶으면서 회사원이던 시절과 별 다를 게 없다는 생각이 들었다. 회사를 다니던 시절의 경험이 내겐 오히려 도움이 많이 됐다. 나는 직접적인 아이의 돌봄노동자였으며 나를 대신할 양육자들을 선발, 배치하고 보조 양육자들에게 사수 노릇을 해야 하는 인사관리팀이기도 했다. 또 '분유, 아침 이유식, 낮잠1, 점심 이유식, 문화센터, 낮잠2, 산책,

목욕, 저녁 이유식, 취침'과 같이 아이의 하루를 세밀하게 기획하는 기획자이기도 했으며, 아이에게 필요한 생필품을 구매하고 재고를 관리하는 총무이기도 했다. 이런 생각이 들 때쯤 '엄마'라는 것은 내 정체성이기도 하지만 하나의 직업이라는 사실을 깨달았다. 물론 내가 너무나 원하던 일은 아니긴 하지만, 그건 회사원 때도 별다르지 않았다. 충분한 보상이, 사회의 인정이 주어지지 않는다는 부당함도 존재한다. 그렇지만 어떤 직업이 사회에서 제대로 된 대우를 받지 못하고 교환가치가 떨어진다고 해서 그게 그 직업인들의 잘못은 아니지 않나. 부끄러움은 내 몫이 아니다. 이 발상의 전환은 내가 엄마로서 아이를 키우는 데 꽤 많은 도움이 됐다.

아이를 세상 그 무엇보다도 사랑하면서도 바탕이가 밤잠에 들면 '얏호!'를 외치던 것에 대해 약간의 죄책감을 느끼곤 했었다. 하지만 이내 회사원 시절을 떠올려보니 간단히 정리됐다. 아무리 잘해보고 싶은 프로젝트에 투입되어도 회사생활의 하이라이트는 역시 퇴근 아니겠는가? 아이의 밤잠은 양육자에겐 퇴근인 것이다.

## 모든 엄마들은 나의 업계 동료

아이 키우는 초반에는 엄마들과 관계를 맺는다는 것 자체가 부담스러웠다. 내가 순전히 내 취향이나 의지로 친해지고 싶은 사람도 아니고 '아이'를 매개로 가까워진다는 게 어떤 의미인가 싶었다. 그런데 지내다 보니 그저 '업계 동료' 같은 사이로 이해하게 됐다. 무엇보다 엄마들과의 관계에 대해 갖고 있던 막연한 어려움, 두려움이 많이 해결됐다. 엄마들끼리만 만나면 인간관계가 좁아지고, 만나서도 아이 얘기만 하니 진정성이 없는 관계가 아니냐고들 하지만 그렇지만도 않다. 돌이켜보면, 회사 사람들과도 별다르지 않았다. 으레 업계 사람, 그리고 회사 동료와도 관심사가 비슷하고 성격이 잘 맞아서 가까워지는 게 아니지 않은가. 하는 일이 비슷하고 그러다 보니 '척하면 척'이라 긴말 필요 없고, 공감대가 쌓이다 보니 많은 시간을 함께했던 것뿐이고, 그러다 운이 좋아 성향도 코드도 잘 맞는 사람을 만나게 되면 더 중요하고 깊은 관계가 되는 것이다. 아이를 통해 맺게 된 관계들도 마찬가지였다. 회사원들이 만나 점심을 먹으며 일 얘기를 하고 유대를 쌓는 것은 정보 공유 차원의 '네트워킹'이고 엄마들이 만나 아이 얘기를 하고 정보를 공유하는 일에 대해선 '애유엄브(애는 유치원 보내고 엄마들끼리 브런치 먹는다)'라는 표현까지 갖다 붙여가며 도시 괴담으로 만드는 걸 보면 역시 아무도 엄마들이 '일'하고 있다는 걸 인정하지 않는 것 같긴 하지만 말이다.

이제는 정말 백세시대라고 한다. 많은 이들이 이제 더 이상 한 가지 직업만으로 먹고 사는 삶은 어려울 거라 전망한다. 적어도 은퇴 때까지 서너 개의 직업을 거칠 거라는 예상이 많다. '엄마'라는 직업도 예외일 수는 없을 것이다. 물론 나는 언제까지나 바당이의 엄마겠지만 내 노동력을 쏟아야 할 일들은 점차 줄어들 테니 말이다. 나는 나의 정체성이기도 하지만 '엄마'라는 것 또한 나의 직업이라는 것을 의식적으로 되새기려고 노력한다. 충실하되 과몰입하지 않고 소진되지 않으려 '엄마'라는 말과 적절한 거리를 유지하려고 애쓰는 편이다. 프로 의식이랄까. 대략 아이가 성인이 되는 시점을 이 직업의 은퇴 시기라고 봐도 무방하지 않을까. 그리고 당연하게도 그 이후의 내 인생은 계속될 것이다. 그때 나는 또 어떤 직업인일까 생각해본다. 꿈에서 본 계약서에도 이직은 안 된다고 했지만, 겸직까지 안 된다는 말은 없었으니까. 나는 여전히 나의 세 번째, 네 번째 직업을 찾기 위해 애쓰고 있다.

## 아이를
## 지켜주는 말。

"엄마, 근데 오늘 부담임 선생님이 규민이 때렸어요!"
하마터면 소리를 지를 뻔했다. 응가를 했다기에 화장실에
들어가 뒷처리를 하고 새 기저귀를 채우는데 아이가 해맑게
웃으며 저런 말을 하는 게 아닌가? 진정하자, 진정하자, 진정
하자. 숨을 몰아쉬고 평소와 같은 톤으로 아이에게 되물었다.
"선생님이 규민이를 때렸다고?" 바당이는 주저하지 않고 답
했다. "네! 규민이 기저귀 갈아주면서 때렸어요!" 세상에, 세
상에, 세상에!

"비상."

남편에게 간략히 요약한 문자를 보내두곤 일단 사태 파악
에 들어갔다. 아이들의 기억은 파편화되어 왜곡되기도 하고
각각 다른 일이 그 작은 머릿속에서 나름대로 연결되어 상상
의 세계로 접어들기도 하니까. 부러 시간차를 두고 당시 상황

을 물어봤는데 아이의 대답은 일관적이고 또 구체적이었다. 선생님이 같은 반 친구의 기저귀를 갈아주고 엉덩이를 때렸다고 말이다. 그리고 바당이는 이렇게 덧붙였다. "규민이 엉덩이 맞았잖아요. 아, 슬퍼라."

야근하고 돌아온 남편과 대책 회의에 들어갔다. 반복적으로 분명히 얘기하는 걸 보면 비슷한 상황이 있었던 건 확실해 보였다. 정확히 뭔지는 모르겠지만 아이가 그렇게 생각할 만한 어떤 일이 있었구나 싶기도 했다.

"선생님께 여쭤봐야겠지?"

"그렇지. 일단 어떤 일이 있었는지 정확히 알아야 우리도 바당이한테 뭐라고 얘기해줄 수 있으니까."

원에 보내며 선생님들께 쌓인 신뢰가 있었기에 별일 아니겠지 싶으면서도 심란했다.

다음 날 등원 길에 담임선생님께 말씀드렸더니 곧장 답이 나왔다. 친구 기저귀를 갈아주고 엉덩이를 '톡톡' 두드린 걸 얘기한 것 같다고 하셨다. 아아, 퍼즐이 맞춰지는 기분에 그제야 안도의 한숨이 나왔다. 애정 표현이지만 바당이 입장에서는 다르게 받아들였을 수도 있겠다며 이야기 나눠주겠다고 하셨다. 워낙 베테랑이신 분들이 계신 곳이고 나 역시도 아이가 선생님으로부터 직접 해명을 들을 필요가 있겠다 싶어 부탁드리고 나왔다. 마음이 조금 가벼워졌다. 담임 선생님은 전화로 상황(?)을 전해주셨다. 선생님이 때린 게 아니라 잘했다고 칭찬해준 거라고 설명하자 바당이는 알겠다면서도 자기가 보기엔 좀 세게 하는 것 같았다고 했단다. 그래서 "바당이가 보기엔 그랬을 수도 있겠다. 앞으로는 살살 '예쁘다, 잘했다' 할게"라고 마무리하셨다고 했다.

이제 바통을 이어받아야 할 차례였다. 어젯밤보단 한결 나았지만 그래도 만만치 않게 느껴졌다. 아이의 이해력과 수준에 맞춰서 상황을 정확히 설명해주면서도, 아이가 그렇게 생각한 걸 '잘못'이라고 여기지 않게 아이의 마음도 챙겨주고 싶었다. 요즘 나름의 논리를 갖춰가며 송곳같이 날카로운 인사이트를 보이곤 하는 아이의 질문에 잘 대처할 수 있을지 확신이 안 섰다. 예를 들면, 이런 식이었다.

1. 규민이 예쁘다고, 귀엽다고 톡톡 하신 거래.
→ 아이가 귀엽다고 어른이 그래도 되나? (안 됨.)
2. 선생님이 장난치신 거래.
→ 장난이면 그래도 되나? (안 됨.)
3. 어제 규민이는 기분이 어때 보였어?
→ 아이가 기분만 안 나쁘면 되나? (안 됨.)

남편과 한창 시뮬레이션을 하다가 '우리가 너무 복잡하게 생각하나?' 싶었다. 아이한테 설명할 때는 사실 단순한 게 최고니까. 간단하면서도 사려 깊은 말들을 골라야 했다. 하지만 시간이 없었다. 아이는 세 시간 후면 하원 한다. 꼭 해주고 싶은 말과 피해야 할 말들만 정리하고 실전의 흐름에 맡기기로 했다.


## 아이에게 전하는, 아이가 전하는 진심

그날 밤, 잠자리에 누워 바당이를 꼭 안고 이야기를 나눴다.

"바당아, 오늘 담임선생님이 부담임 선생님이랑 규민이 얘기 해주셨지?"

"(손으로 조심조심 인형을 토닥이며) 네! 토닥토닥한 얘기요?"

"응, 그 얘기. 바당이가 그게 때린 건 줄 알았잖아. 근데 사실 기저귀 잘 갈았다고 잘했다고 토닥토닥해주신 거래."

"응, 맞아! 이렇게?"

"응, 엄마랑 아빠도 가끔 바당이한테 그렇게 하잖아."

"(내 얼굴을 조심스럽게 쓰다듬며) 아, 예쁘다. 이렇게?"

"맞아. 그런 거였대. 그런데 바당이가 보기엔 그게 좀 세게 하는 것 같았어?"

"(심각한 얼굴로) 네."

"그랬구나. 만약 누군가 바당이한테 잘했다고 토닥였는데 그게 싫으면…."

"하지 마세요! 안 돼요! 싫어요!"

"그래 맞아. 그러면 돼. 어제 규민이는 어때 보였어? 부담임 선생님이 그러실 때?"

"(약간 고민하는 표정을 지으며) 음… 안 슬퍼 보였어!"

"그래? 그랬구나. 규민이는 그게 괜찮았나 보다. 똑같은 장난이어도 바당이는 별론데 또 규민이는 재밌을 수도 있나 봐. 원래 사람마다 표현 방법이 조금씩 다르거든. 그래도 엄마는 토닥토닥하거나 장난치는 것도 물어보고 하는 게 더 좋더라!"

"맞아. 뽀뽀는 하고 싶을 때 하는 거잖아!"

웬일로 아이가 삼천포로 새지 않았고(예상 시나리오 중 하나로 "네. 엄마, 근데 규민이는 왜 그렇게 똥을 많이 싸요?"로 이어지는 곁다리 스토리가 있었다), 나도 해야 할 말들을 잘 마무리했다. 그리고 이제는 '슬프다'고 했던 아이의 마음을 보듬어줄 차례였다.

"바당아, 그 얘기 해줘서 고마워. 어제 있었던 일 엄마한테 먼저 말해줘서. 친구가 걱정됐어?"

"네, 조금 걱정됐어요."

"그랬구나. 우리 바당이 참 다정하고 마음이 예쁜 친구다. 엄마라면 바당이 같은 친구가 있어서 참 좋을 것 같아."

아이들은 자신이 한 말에 대해 어른들이 반복적으로 확인하는 것 같다는 인상을 받으면, 혼이 난다고 느낄 수도 있다고 선생님이 알려주셨기에 아이의 마음을 어루만져주고 싶었다. 네 말의 진위를 파악하려는 것이 아니라는 걸 느끼게 해주고 싶은 마음도 컸지만, 무엇보다 진심이었다. 바당이가 내가 없는 곳에서 벌어진 어떤 일, 그중에서도 자기가 생각하기에 좀 이상했던 일, 슬프다고 생각했던 일을 내게 와서 말해준 게 얼마나 고마웠던지. 아이가 나를 믿어줬다는 게, 내가 아이에게 믿을 만한 사람이라는 게. 이 아이에게만큼은 언제나 그런 사람이 되고 싶다. 그럴 수 있다면, 정말로 기쁠 것이다.

# 원 데이
# 앳 어 타임.

나는 좀 걱정이 많은 사람이다. 아니다. 좀 더 긍정적으로 말하자면 미래지향적이랄까(좀 지나치게 먼 미래를 상정한다는 면이 없진 않지만). 그러니까 이런 식이다. 내 에버노트에는 '바탕'이라는 폴더가 있다. 물론 아이 그림책이나 장난감처럼 빠른 시일내 필요할 것으로 예상되는 정보들도 있지만 사실 대부분은 '미래에 우리에게 일어날지도 모르는 일'을 대비해 꾸준히 업데이트하고 있다. 이를테면, 언젠가의 제주 여행을 대비한 노키즈존 리스트라든가, 아이의 몇 번째 생일에 세 식구가 함께 보고 싶은 영화라든가, 본격적인 성교육 시기가 되면 보여주려고 저장해둔 '포르노와 현실의 차이'라는 위트 있으면서도 유익한 유튜브 클립 같은 것들 말이다. 그리고 그 목록에 여러 번 등장하는 시트콤이 하나 있었으니, 바로 〈원 데이 앳 어 타임〉이다.

〈원 데이 앳 어 타임〉은 전형적인 미국 가족 시트콤이다. 주인공이 쿠바계 미국인인 이민자 가족이라는 것이라는 것만 제외하면 말이다. 쿠바의 압제를 피해 미국으로 건너온 이민 1세대 할머니 리디아, 퇴역 간호 장교로 두 아이를 혼자 키우고 있는 엄마 페넬로페, 페미니스트이자 레즈비언인 딸 엘레나, 한창 사춘기를 통과하고 있는 아들 알렉스. 이 3대가 만드는 일상들로 시리즈가 이어진다. 가장 도드라지는 것은 역시 세대 갈등이다. 할머니 리디아는 자신을 사랑해주는 남자를 만나는 것이 여자의 일생에 가장 중요한 일이라 믿어 의심치 않고, 우울함이나 불안 같은 정신 질환은 '정신력'으로 이겨낼 수 있다고 여긴다. 손녀인 엘레나보다 손자인 알렉스를 늘 더 아끼는 건 물론이다(세상에, 쿠바 사람들도 그렇구나! 한국과 별다르지 않군, 하는 마음으로 볼 수 있다). 페넬로페는 얼마 전 이혼한 싱글맘으로서 제 일과 양육을 저글링 하는 것만으로도 바쁘다. 그녀의 인생에서 가장 중대한 문제는 엄마의 말처럼 진정한 사랑이 아니라 임상 간호사 자격시험에 합격하는 것이다. 그리고 쿠바 전통 성년식인 '킨세스'가 여성을 재산 취급하던 시대의 관습이라는 것에 의문을 제기하고, 자신이 사랑하는 가족들에게 자기가 누구인지 말하고 이해받고 싶은 사람이 있다. 바로 엘레나다. 엘레나의 동생 알렉스는 사춘기를 통과

하면서 그 또래 남자아이들이 일으킬 법한 다양한 문제들(마리화나, 거짓말, 사이버성희롱 등)의 주인공이 되지만 늘 가족 내에서 해답을 찾는다.

## 드라마, 혹은 현실

그러니까 이 쇼는 가족 내에서 벌어질 수 있는 거의 모든 갈등을 다룬다. 가족들의 정체성을 그대로 반영하여, 에피소드의 주제들도 이리저리 널을 뛴다. 이민자 문제, 종교 갈등, 여성혐오적 문화, 성소수자 문제 등 다양한 주제들에서 이 가족들은 늘 헤쳐 모인다. 내 메모장을 빼곡히 채우고 있는 S1E01, S1E10, S2E05, S3E02, S3E09, S3E15는 암호가 아니라 바로 유사 상황이 발생했을 때 언제든 꺼내볼 수 있게 적어둔 〈원데이 앳 어 타임〉의 회차 정보다. 페넬로페가 자신이 불안 발작 환자라는 것을 아이들에게 고백하는 회차, 엘레나의 커밍아웃 이후 자신의 대처가 적절했는지를 고민하는 부분, 알렉스가 여자들을 잘못된 방식으로 대하는 걸 알게 된 후 온 가족이 모여 이 주제를 가지고 이야기를 나누는 장면 등은 상황이면 상황, 대사면 대사 모든 게 일품이다.

무엇보다 페넬로페는 정말 멋진 양육자다. 비록 가상의 인물이라지만 내 롤모델이랄까. 양육자로서의 포부가 있다면 아이에게 신뢰를 주는 사람이 되는 것인데 페넬로페가 바로 그런 사람이다. '엄마는 무슨 일이 있어도 나를 함부로 판단하지 않아'라는 믿음을 주는 사람 말이다. 단단하면서도 자신의 약점 역시 숨기지 않는 솔직함까지 갖춘 이 사람에게 아이들은 자신들의 이야기를 털어놓는다.

어쩌면 〈원 데이 앳 어 타임〉이야말로 판타지에 가까운지도 모른다. 이 가족은 자주 갈등하고 상처를 주고받지만 주제를 가리지 않고 늘 대화를 나누며 '가족'이라는 테두리 안에서 서로를 이해하려는 사람들이기 때문이다. 교과서에나 등장할 법한 아름다운 가족이랄까. 그 관계가 누구 하나의 무조건적인 인내나 배려로 이루어진 게 아니라 수많은 갈등을 통해 만들어지고 있다는 점에서 더욱 그렇다. 늘 서로의 의견을 말하고 듣고 때로는 싸우며 자기 자신을 설득시키려는 이 가족이 내게는 정말로 건강하고 이상적으로 느껴진다. 싸우는 것도 다 기본적으로는 애정이 있어야 하는 거니까. 애정을 바탕으로 유지되는 아름다운 갈등 관계랄까. 모든 가족 구성원들이 동등한 발언권을 갖고 있기에 가능한 점이다.

〈원 데이 앳 어 타임〉을 우리 말로 번역하자면 '매일매일' 정도가 될 것이다. 결국 우리 삶을 만드는 것은 매일의 일상이다. 그날들에 어떤 이야기든 나누는 것. 아이에 대한 탐구심을 갖고 대화에 임하는 것. 정말 중요한 것은 그런 것 아닐까. 반복되는 일상 속에 스며들어 있는 상냥함, 사려 깊음, 다정함. 누군가 내게 '조건 없이' 그걸 베푼다는 것이 주는 힘. 어쩌면 내가 아이에게 줄 수 있는 건 그것뿐일지도 모르겠다.

## 기억하지 못한대도
## 괜찮아。

　　친구와 여행 계획에 관한 이야기를 나누던 중에 마음
이 좀 상했다. 올해 아이와 함께하는 제법 긴 해외여행을 준비
하고 있는데 친구가 대뜸 그러는 거다. "근데 어차피 애는 기
억도 못 하지 않아?" 가끔 마주해온 반응들이라 그저 이렇게
되물었다. "음, 근데 너도 나중에 기억하려고 여행가는 건 아
니지 않아?" 친구는 아차 싶은 표정을 짓더니 "맞네. 야, 내가
너무 몰랐다. 미안해"라고 사과했고 우리는 다시 즐겁게 여행
얘기를 이어갈 수 있었다.


아이에게 여행은 언제나 지금이다

임신 중에 한 독립서점에서 진행하는 독립출판 워크숍을

수강했었다. 12주에 걸쳐 기획부터 시작해 책 한 권의 출판 및 인쇄, 서점 입고까지의 과정을 배우는 커리큘럼이었다. 열 명 정도 되는 수강생 중 자녀가 있는 사람은 임신 중이었던 나를 포함해 단 두 명이었다. 그분의 아이는 초등학생이었다. 각자의 기획안을 발표하던 자리에서 그분은 아이가 어렸을 때 함께 갔던 여행 이야기들을 모아 사진에세이를 만들고 싶다고 하셨다. 그 제목이 참 인상 깊었다. '너는 기억하지 못하는 우리의 여행.'

그때도 그 이야기가 흥미롭다고 생각했었지만 아이를 키우면서 이따금씩 그 제목이 떠오르곤 했다. 아이는 어느 순간 이 모든 것을 잊을 것이다. 내 최초의 기억을 떠올려 봐도 다섯 살 부근인 것 같고 사실 이 기억의 정확도도 매우 떨어진다. 단일 기억이 아니라 어떤 기억들의 총합인 것 같기도 하고, 아니면 가족들에게 들었던 이야기를 재구성해 마치 내가 경험한 것처럼 느끼는 것 같기도 하다. 하여간 대체로 우리는 각자의 아주 어린 시절들을 기억하지 못한다.

그런데 지금의 아이는 작년에 다녀온 가평이며 평창 이야기를 아직도 재잘거린다. 어디를 가보고 싶냐는 질문에는 꼬박꼬박 저 둘 중 하나를 대며 "너무너무 좋았어" "또 가고 싶어" "농장도 가고 고기 치익~도 또 하자!"라고 얘기한다. 그때

찍은 사진과 동영상을 보면 "여기서 우리 오리 봤었잖아!" 하는 식이다. 그런 말을 할 때의 아이 표정은, 행복이다. 오랫동안 행복이라는 게 뭘까 궁금했었는데 사심 없이 천진한 아이의 얼굴을 볼 때면 내가 어쩌다가 이런 '행복의 원형'을 목격하는 기회를 얻게 된 걸까 싶어 감격스럽다.

무엇보다 기억 같은 것과는 전혀 관계없이 아이에게도 언제나 늘 '지금'이 제일 중요하다. '카르페 디엠Carpe Diem'부터 '욜로Y.O.L.O.'에 이르기까지 현대인의 정언명령은 '순간을 즐겨라' 아니던가. 아이들도 마찬가지다. 수십 년간 지속될 추억을 모으기 위해서가 아니라 그냥 지금 잠깐 좋자고 맛있는 것을 먹고 마시고 좋아하는 사람들을 만나고 오늘의 날씨를 즐기는 것처럼 아이들에게도 제일 중요한 건 나중까지 남을 '좋은 기억'이 아니라 그저 '지금 즐거울 것'이라는 단순한 명제다.

물론 아이에게 좋은 기억을 남겨줄 수 있다면 좋겠지만 모든 것이 그것만을 위한 것은 아니다. 양육이라는 것이 태생적으로 그런 일 같다. 아이를 낳아 기른다는 것은 나를 갈아 넣어, 나의 온 애정과 신뢰로 아이를 무럭무럭 자라게 해서 아이가 더는 나를 필요로 하지 않게 만드는 일이라는 생각을 종종 한다. 어린 시절은 아주 중요한 시기로 여겨지지만 정작 당사자는 시간이 흐를수록 그때와는 점점 무관해진다. 아이는 그렇게 자라 지금을 잊고 우리는 점점 더 멀어질 것이다(또, 응당 그래야 한다고 생각한다). 실은 조금 허무한 기분이 들 때도 있다. 우리가 이렇게까지 친밀한 관계였다는 것을, 우리가 이렇게 나 많은 기쁨과 애정을 주고받았다는 것을 아이가 기억하지 못하리라 생각하면 조금은 쓸쓸한 기분이 되기도 한다.

가끔 반복해서 보는 영화들이 있는데 그중 하나가 리처드 링클레이터 감독의 〈보이 후드〉다. 한 소년의 성장기를 담은 이 영화는 대여섯 살이었던 아이가 장성해 엄마의 집을 떠나는 장면으로 마무리된다. 그리고 영화 끝에 이런 가사의 노래가 나온다.

So Let me go, I don't wanna be your hero, I don't wanna be your big man. (⋯) I don't wanna be a part of your parade.

그러니 이제 나를 보내줘. 난 당신의 영웅이 되고 싶지도 않고, 훌륭한 사람이 되고 싶지도 않아. (⋯) 나는 더 이상 당신 축제의 일부가 되고 싶지 않아.

-Family Of The Year, 〈Hero〉

솔직히 말하면 나는 이 가사를 들을 때마다 부모와 자식이라는, 가장 가까웠으나 결국엔 가장 멀어지게 되는 관계에 대해 생각한다. 나와 내 부모가 그랬듯이, 나와 내 아이도 그렇게 되겠지. 그 복잡한 심경을 들키지 않으려고 애쓰는 편이다. 아직은 그렇다. 언젠가는 이 노래가 깔린 화면 속에서 여유로운 미소를 지으며 운전을 하는 영화 속 소년을 그저 담담하게 바라볼 날도 오겠지?

## 별것 아니지만
## 도움이 되는。

a small but good thing.

내 오랜 블로그의 이름이다. 몇 년 전에 이 블로그의 플랫폼과 짧은 인터뷰를 했었는데 블로그의 이름과 뜻을 묻는 질문에 나는 이렇게 대답했었다.

"블로그 이름은 레이먼드 카버 소설에서 따왔어요. 국내에는 「별것 아니지만 도움이 되는」으로 번역됐습니다. 처음 이 작품을 읽었던 게 대학생 때인데 시간이 갈수록 점점 더 좋아지는 이야기에요. 별것 아니지만 도움이 되는. 제게는 그런 것들이 정말 중요하거든요. 단정하고 가지런한 일상을 좋아해요. 거기에서 에너지를 얻죠. 딱 알맞게 구워진 팬케이크, 햇빛을 잔뜩 받아 바삭해진 이불, 사랑하는 사람들과 나누는 잠깐의 포옹, 그런 것들이요. 그런 사소한 것의 힘을 믿습니다."

일상의 힘. 나는 그것을 믿는 사람이었다. 결국 매일이 모여 한 달이 되고 또 계절이 되고 그것들이 모여 한 시절이 되는 거니까. 특별한 날들을 많이 만드는 것보다 매일매일을 가지런하고 단정하게 유지해나가는 것이 내겐 더 큰 도움이 됐다. 하지만 아이를 낳은 후론 바로 이런 점이 나를 괴롭게 했다. 아이가 있다는 것은, 애초에 단정함 같은 것과는 좀 거리가 멀었으니까. 내 삶의 질을 결정하던 '별것 아니지만 도움이 되는' 것들. 바삭한 이불이나 통통하게 부풀어오른 수건, 잠깐 향초를 켜두고 조용히 음악을 들으며 반신욕을 하는 시간, 사랑하는 여자친구들과의 대화, 남편과 좋아하는 쇼를 보며 수다를 떠는 저녁 같은 것은 우선순위에서 밀릴 수밖에 없었다.

그런 일들에는 서서히 익숙해졌고 또 아이가 자라면서 그런 시간을 일정 부분 되찾기도 했지만, 여전히 일상이 버겁게 느껴지곤 하는 건 내가 아이의 일상을 주재하는 사람이기 때문이다. 양육은 양육자의 컨디션에 따라 너무 크게 좌우된다. 앞에서도 말했지만 내가 팀장님이자 중간 관리자이자 실무자인 느낌이랄까. 내가 아프기라도 하면 아이의 일상은 너무나 많이 흔들렸다. 그 중압감은 엄청났다. 내가 삐끗하면 나만 괴로운 게 아니라는 것. 그게 어떤 한 존재에게 큰 영향력을 끼친다는 게 부담스러웠다. 오죽하면 가끔 혼잣말로 "아 막 살고 싶다!"를 외치곤 했을까. 게다가 여태껏 내게 남아 있는 어린 시절의 기억 중에는 일상적인 것이 많았다. 어떤 해프닝이나 이벤트가 아니라 매일매일 나의 하루를 채워줬던 우리 가족만의 의식 같은 것들 말이다.

## 내 영역 밖의 일

초등학생 때는 학교에서 돌아오자마자 거실로 달려가 냉장고부터 열곤 했다. 할머니가 학교 다녀와 먹으라고 까둔 밤이 빨간 접시에 소복이 쌓여 있는 걸 발견했을 때 내 마음은 얼마나 부풀었던지. 아빠는 내가 머리를 감고 나온 저녁이면 식탁의자에 나를 앉히고 수건으로 내 머리를 말려주었었다. 머리숱이 많아 족히 한 시간 넘게 걸렸는데 그동안 아빠에게 머리를 맡긴 채로 가족들과 이런저런 얘기를 나누던 거실의 풍경, 마무리로 아빠가 내 베개에 깔아주던 새 수건의 촉감들은 아직도 내게 생생하게 남아있다. 엄마와 이모가 매주 일요일이면 해 주던 통통한 오므라이스와 그 위에 케첩으로 이런저런 그림을 그리며 장난을 치던 우리의 아침들. 그 모든 것들이 내게 여전히 선명하다. 아직도 가끔 그 순간들을 떠올리며 위안을 얻는다. (돌봄노동의 힘이란!)

하지만 예전에는 그저 따뜻함이던 그 기억들이 아이를 기르면서는 '나도 그럴 수 있을까' '나도 아이에게 그런 소중한 기억을 줄 수 있을까'로 이어지곤 했다. 수많은 기억 중 아이의 핵심 기억으로 남기 위해선, 그중에서도 기쁨 파트의 핵심 기억으로 남기 위해선 아주 오랜 기간에 걸친 성실한 다정함이 필요한 것 아닐까. 그 부분이 좌절스러웠다. 내가 한결같이 누군가에게 무언가를 해줄 수 있는 사람인가에 대해서 확신이 없었기 때문이다. 의도하지 않았음에도 나의 어떤 말과 행동이 누군가에게 그렇게까지 오래, 어떤 원형 같은 이야기로 남을 수 있다는 게 두려웠다. 그런데도 그걸 선택하는 건 내 몫이 아니라는 건 얼마나 아이러니한지.

아이에게 매 순간 완벽하고자 했던 데에는 여러 이유가 있다. 타고난 내 완벽주의적 성향 때문도 있었고, 내 안에 깃든 모성 신화 때문도 있었지만 아이가 우리와 함께한 수많은 날 중 어떤 순간을 기억할지, 그리고 그것이 바당이에게 어떤 영향을 미칠지 알 수 없다는 데서 오는 두려움이 가장 컸다.

그런 막막함에 가장 도움이 됐던 건 얼마 전 읽었던 책의 한 문장이었다. 『0세부터 시작하는 감정조절 훈육법』에 등장하는 법적 부모의 역할까지만을 목표로 삼으라는 김수연 선생님의 말씀은 아주 명쾌했다. 아이의 기억에 어떤 것이 남는지, 그래서 그것이 아이에게 어떤 영향력을 발휘하는지는 내 영역 밖의 일이었다. 어떻게 해서 그런 일이 벌어지는지 알 수도 없는 일이고 안다고 해서 내가 할 수 있는 일도 아니다. 그렇게 생각을 정리하니 후련해졌다.

## 우린 꾸준히 다시 시작할 수 있다

엄마함미네 놀러 가기로 했던 전날 밤에 아이를 재우면서 "내일 엄마함미네 가서 재밌게 놀자!" 하는데 아이가 약간 시무룩해져서는 "엄마함미네 가서 엄마 어디 안 갈 거예요?" 물은 적이 있었다. 아, 엄마네 가면 내가 거의 늘 아이를 맡기고 혼자서 어디를 갔었구나 싶어서 "응. 엄마가 저번에 어디 갔었나?" 하고 물었더니 "응. 그때 바당이가 코 안 빼서 엄마 나갔잖아" 하는 것이다. 결혼기념일에 아이를 맡기고 남편과 데이트를 하러 나가려는데 직전에 애가 코가 너무 막혀서 숨도 잘 못 쉬고, 먹는 것도 불편해하기에 코에 식염수 스프레이를 뿌려주려던 날의 이야기였다. 아이가 뒤로 넘어가면서 하기 싫다고 울고불고 난리를 쳤고 한참을 씨름하다 나도 너무 진이 빠지고 지쳐서 "휴, 그래 됐어. 하지 마. 엄마도 이거 별로 안 하고 싶어"라고 했었다. 그리고 평소와는 달리 냉랭한 분위기로 남편과 서둘러 짐을 챙겨 나갔었는데 아이는 그걸 그렇게 기억하고 있는 모양이었다. 본인이 코를 안 빼는 바람에 엄마가 화가 나서 나갔다고. 그런 게 아니라 원래 약속이 있어서 나간 거라고 얘기해 줬지만 사실 좀 거짓말을 하는 기분이었다. 애한테 직접적으로 "네가 이거 안 해서 나가는 거야!"라고 하진 않았지만, 정황상 아이는 그렇게 느낄 근거가 충분했으니까. 내가 잘못한 거였다. 아이가 그걸 기억하며 마음 쓰고 있었다니 미안했다.

사실 예전의 나라면 단순히 미안함을 넘어서 죄책감을 느꼈을 수도 있는 상황이었다. '내가 세심하지 못해서 아이에게 나쁜 영향을 줬어. 슬픈 기억을 줬어' 같은 식으로 말이다. 하지만 이제 웬만해선 그런 일은 일어나지 않는다. 내가 바람직하지 못했던 건 맞지만 내겐 그 실수를 만회할 아주 많은 기회가 있다. 아이에게 사과하고 그 일에 대해 이야기를 나눌 수 있다는 것. 그건 바당이와 내가 함께 보내는 일상이 있기 때문에 가능한 것이었다. 그야말로 아이와 내게 주어진 가장 큰 행운인지도 모르겠다.

아이들이 보고 듣는 수많은 것 중 과연 동화책만 문제가 있을까? 거실 매트에 누워 바당이가 틀어놓은 동요〈개굴개굴 개구리〉를 듣던 날이었다. "개굴개굴 개구리 노래를 한다. 아들 손자 며느리 다 모여서~" 별생각 없이 가사를 따라 부르다가 벌떡 일어났다. 며칠 전에 읽었던 '호주제' 관련 기사가 떠올랐기 때문이었다. 호주제가 있던 시절에는, 호주가 사망하거나 국적을 상실하는 등의 이유로 호주를 승계해야 하는 상황을 대비해 승계 순서를 법으로 정해두었는데 그 순서가 바로 '아들-손자-딸-손녀-아내-며느리'라는 거다. 평행이론도 아니고 어쩜 이렇게 하나같이 일단 남자들한테 우선순위를 주고 그다음에 여자들을 대충 남는 자리에 끼워 맞추는 건지 속이 뒤틀렸다.

"아니, 이 노래 뭐야. 왜 아들 손자만 있어? 딸이랑 손녀는 어디로 갔는데? 그건 그렇다 치고 며느리가 어떻게 아들 다음도 아니고 아들 손자 다음일 수가 있어? 진짜 듣자 듣자 하니까 듣는 며느리 기분이 나쁘네!"

폭주하려는 나의 낌새를 알아챈 남편이 바당이에게 앞으로 우리 집에서 이 동요는 딸-손녀-사위로 부르자고 얘기하는 걸 듣고서야 일단 멈출 수 있었다. (결국 이 동요는 우리 집 금지곡 1호가 되었다.)


## 악의 없는 편견

그래도 동화책이나 동요는 내가 어느 정도 선별할 수 있지만 정말 어려운 건 사람들이다. 어떤 악의도 없이 내 아이에 대한 애정을 가진 사람들. 손주를 너무나 사랑하는 나의 엄마가 눈웃음 짓는 바당이를 보며 "아유, 얘는 사내애가 어쩜 이렇게 애교를 피우니"라고 할 때나 카페에서 마주친 아주머니가 바당이가 너무 사랑스럽다는 표정으로 "아이고 예쁘게 생겨서는 역시 여자애라 얌전하기도 하지"라고 할 때면 좀 아득해진다.

그래도 가족들에겐 우리의 원대한 포부를 선언하고 그간 쌓아놓은 토대가 있어서 일종의 '수정 권고 작업'이 수월하게 이루어지지만 완전한 타인이 그런 얘기를 할 때면 마음 한구석이 참 불편했다. "안녕하세요, 선생님? 그런데 예쁘고 얌전히 잘 있다고 여자애라고 말씀하시는 건 조금 듣기 거북하네요. 여자애만 얌전한가요? 남자애도 얼마든지 얌전할 수 있지요. 얌전하다는 걸 곧바로 여자의 특성으로 연결하는 것은 우리 사회에 만연한 성 고정관념일 뿐입니다. 저희는 아이를 '성평등'이라는 커다란 목표 아래

키우고 있어요. 그러니 취소해주시면 감사하겠습니다"라고 할 수
도 없는 노릇이지 않은가.

문제는 그렇다고 내가 아무것도 하지 않고 가만히 있을 수도 없
다는 거다. 정말 곤혹스럽다. 비슷한 일이 있을 때마다 나는 최대
한 부드러운 미소를 지으며 "네, 근데 뭐 여자애 남자애 상관없이
그냥 성격이더라고요. 애들마다 다 다르죠"라고 대답하곤 했다.

### 일단 나부터 잘하자

하지만 사실 타인의 편견보다도 나를 가장 괴롭게 하는 건 다름
아닌 내 안의 편견이다. 내가 페미니스트로서 살아가고자 하고 성
평등한 양육 방식을 지향하는 사람이라고 해서 여성혐오나 성차
별적 사고의 혐의에서 자유롭다 생각하는 건 절대 아니다. 그래도
나 스스로 기대하는 마지노선이라는 게 있는데 순간 튀어나오는
내 머릿속 편견들은 정말 당황스럽다.

심지어 하루는 자주 읽어주던 동화책 중 한 권을 왠지 바당이가
별로 안 좋아할 거라는 생각이 드는 거다. 그 책은 미야코시 아키
코가 쓴 『비밀의 방』이었는데, 이사를 온 한 여자아이가 옆집에 사
는 같은 나이의 여자아이와 숲속 비밀의 공간에서 들풀과 들꽃으
로 화관을 만들어 나눠 쓰고 소꿉놀이를 하는 내용이었다. 이 책
은 그냥 다른 사람 줄까 한다고 말하자 남편이 의아해하며 이유를
물었다. 그러자 내 입에서 나오는 말들이 나조차도 놀라웠다.

"음. 이 책 주인공이 둘 다 여자애들이잖아. 여자애들이 잔디밭

에서 꽃 만지고 소꿉놀이하고 그러는 건데. 바당이가 보기에 그런 얘기가 재밌을까?"

세상에. 뭔가 굉장히 잘못됐다는 걸 곧장 깨달았고 서로의 문제를 가장 신랄하게 지적해주는 남편이 제 역할을 해줘서 얼른 생각을 고칠 수 있었다. 하지만 이런 생각을 했다는 것 자체가 좀 충격이었다. 돌이켜보면 어렸을 때부터 내가 접해온 서사 속 주인공은 대부분 남자였다. 그리고 남자들의 이야기였다. 통키도, 어린 왕자도, 라이온 킹도 모두 남자였지만 나는 아무렇지 않게 그 이야기를 읽었고 그들에게 이입했다. 한 번도 그게 남자들 얘기라서 내가 안 좋아할 수도 있겠다고 생각해본 적이 없었다. 그래서였을까? 정작 여성으로 태어나 여성으로 살아가고 있으면서도 여성이 주인공인 이야기가 예외적이라 생각하고 남자들에겐 별 재미 없을 거라고 여기게 된 걸까. 어쩐지 조금 서글프기도 부끄럽기도 했다. 바당이는, 어린이들은 나와 같은 실수를 반복하지 않았으면 좋겠다.

며칠 전에는 내가 동물들이 등장하는 동화책을 읽어줄 때 무의식적으로 몸집이 작은 토끼나 여우의 대사는 톤이 높고 얇은 (여자에 가까운) 목소리로, 몸집이 큰 사자나 코끼리의 것은 톤이 낮고 두꺼운 (남자에 가까운) 목소리로 읽는다는 걸 발견하고 또 깜짝 놀랐다. 그 이후로는 일부러 반대로 바꿔서 내거나 최대한 성별이 드러나지 않는 톤을 유지하려고 노력 중이다. 너무나 사소한 일들이다. 하지만 특히 아이들의 세계에서는 그 작고 작은 것들이 모여서 결국에는 커다란 무언가가 만들어질 것이다. 그러니 무엇이든 내가 할 수 있는 일을 할 것이다. 그냥 지나치지 않을 것이다. 오늘도 나의 자리에서 투쟁!

# 무엇을 보여줄 것인가, 그것이 문제로다

바당이의 첫 애니메이션은 〈뽀롱뽀롱 뽀로로〉였다. 고속도로를 달리던 중 카시트에서 내리겠다고 대성통곡을 하길래 '스마트폰으로는 절대 영상을 보여주지 않는다'는 우리의 대원칙을 깨고 급하게 유튜브를 검색해서 대령한 것이 바로 뽀로로였다. 그런데 정작 아이는 별 관심이 없었다. 당장 달리는 차 안에서 아이를 달래는 게 힘겹긴 했지만 한편으로는 다행스럽기도 했다. 남자아이인 뽀로로와 크롱은 온갖 사고를 치며 '노는 게 제일 좋아!'를 온몸으로 외치고 있는 반면 여자아이인 루피는 그런 친구들을 먹인다며 종일 음식을 만든다. 그리고 또 다른 남자아이들인 에디는 로봇을 만들고 포비는 낚시를 즐긴다. 정말 식상했다. 우리 사회의 고정관념을 그대로 빼다 박은 모양새였기 때문이다. 그래서 내심 시큰둥한 반응을 보인 바당이를 보며 다행스럽게 생각한지도 모른다.

## 그럼 무엇을 보여줘야 하나

우리의 노력도 있었지만, 사실 바당이는 두 돌까지 영상 콘텐츠에 큰 관심을 보이지 않았다. 18개월이 될 쯤부터 호비를 무척 좋아해 하루에 두세 번씩 보기도 했지만, 다른 애니메이션에는 별 반응이 없었다. 언젠가는 영상 콘텐츠에 눈을 뜰 아이에게 어떤 영상을 보여줄 것인가. 이것이 한동안 우리 부부의 화두였다.

내가 아이에게 보여주고 싶은 영상물의 기준은 이랬다.

1. 바당이가 흥미를 보이는 주제를 다룰 것
2. 너무 자극적이거나 폭력적이지 않을 것
3. 성 고정관념에서 벗어난 다양한 인물들이 등장할 것

그런 면에서 디즈니의 〈꼬마의사 맥스터핀스〉는 내 맘에 꼭 드는 애니메이션이었다. 이를 포함한 몇 가지 해외 애니메이션을 공유해볼까 한다.

### 〈꼬마의사 맥스터핀스〉

주인공 맥스터핀스가 고장난 장난감들을 치료해주는 내용의 애니메이션이다. 유·아동 버전의 의학 드라마랄까. 주인공 닥 맥스터핀스는 흑인 여자아이다. 그런 닥의 롤모델은 의사인 엄마이고 아빠는 요리하기를 아주 좋아하는 전업주부다. 정말 새로운 그림이다. 지금까지 바당이가 본 동화책과 애니메이션을 통틀어 흑

인 여자아이가 주인공인 것도, 아빠가 전업주부인 것도 모두 처음이었다. 국내에서 제작된 유아용 콘텐츠 중 여자아이가 주인공을 맡은 게 '콩순이' 정도인 것을 떠올려볼 때면 더욱 놀랍다. 게다가 그 여자 주인공이 공주도 아니고 '장난감 의사'라는 멋진 직업을 갖고 있다니!

에피소드들도 마찬가지다. 최초의 흑인 여성 비행사인 '베시 콜먼'이 등장해 의사 가운을 입고 있는 닥을 보고 놀라면서 "와, 흑인 여자가 의사라니. 세상은 정말 점점 나아지고 있구나!"라고 말할 땐 괜히 나까지 뭉클했다. 둘이 서로를 응원하는 모습은 바로 내가 원하던 여자들의 자연스럽고 일상적인 대화였다. 휠체어를 탄 모험가 '윌' 에피소드도 멋졌다. 자꾸만 사고를 당하는 윌에게 어떤 문제가 있는지 진단하기 위해 윌과 하루를 함께한 닥은 "문제는 윌이 아니라 맥스터핀스 마을에 있었어. 바로 경사로 부족병!"이라고 결론을 내린다. 닥은 윌처럼 몸이 불편한 사람들도 마음 놓고 다닐 수 있는 마을이 살기 좋은 곳이라는 걸 깨닫는다. 그리고 자신의 장난감 친구들과 힘을 합쳐 휠체어로는 지나갈 수 없던 턱과 장애물들을 없애고 대신 경사로와 엘레베이터를 짓는다. 팔이 하나 부족하게 태어나 슬퍼하는 여우원숭이 장난감에게는 "너는 지금 이 모습 그대로도 완벽해"라고 노래 부른다. 보면 볼수록 〈꼬마의사 맥스터핀스〉는 참 섬세하고 또 따뜻하다.

## 〈꼬마 생쥐 메이지〉

맥스터핀스의 뒤를 이어 바당이가 제일 좋아했던 캐릭터는 바로 메이지다. 국내에는 "꼬마 생쥐 메이지"로 번역되어 책 일부가 출간되기도 했다.

메이지와의 첫 만남은 육아 용품 추천 서비스인 '베베템'의 유튜브 계정을 통해서였다. 〈꼬마 생쥐 메이지〉가 성평등한 콘텐츠로 소개된 영상을 보고 바당이가 오래 전에 물려받았던 DVD 세트를 꺼내 찬찬히 살펴보았다. 메이지는 여자지만 사실상 성별을 유추해볼 만한 단서가 거의 없다. 가끔 치마를 입긴 하지만 입고 있는 옷의 색깔도 다채롭고 자동차나 탈것을 좋아하는 친구다. 에피소드 중에도 메이지가 직접 비행기, 포크레인, 트랙터 등을 운전하는 이야기들이 많다. 영어 영상임에도 불구하고 성우가 내레이션으로 이야기를 이끌어가는 전개라 그런지 다른 영어 영상들과는 달리 아이도 큰 부담 없이 받아들였다.

## 〈바다탐험대 옥토넛〉

일 년여 간 바당이의 최애였던 〈꼬마의사 맥스터핀스〉와 〈꼬마 생쥐 메이지〉를 제치고 신성처럼 등장한 〈바다탐험대 옥토넛〉. 영국 BBC 원작으로 국내에서는 디즈니주니어 채널을 통해 방영되고 있다(넷플릭스와 유튜브 공식 계정을 통해서도 볼 수 있다). 바다탐험 대원들이 바다 곳곳을 탐험하는 옥토넛은 덕질을 부르는 요소들로 가득하다. 탐험대원들은 북극곰, 강아지, 고양이, 펭귄, 토끼

등 익숙한 동물 캐릭터로 각각 탐험대장, 선장, 구급대원, 바다생물학자 등 서로 다른 역할을 맡고 있는데 누구든 마음을 빼앗길 수밖에 없는 매력적인 캐릭터들이다. 여기에 비교적 친숙한 해파리, 백상아리, 불가사리부터 나 역시 처음 들어보는 꿀꺽장어, 나뭇잎해룡, 흡혈오징어 등 아주 다양한 바다 생물들이 등장하는 것도 중요 포인트다. 이 생물들의 서식지가 어디인지, 특징이 무엇인지 등 마치 도감과 같은 교육적인 내용이면서도 탐험, 구조, 보호라는 서사 구조를 따라 매번 적당한 긴장과 성취감을 주는 흥미진진한 스토리다. 아이뿐만이 아니라 나와 남편도 빠져들 정도다. 대원들이 서로 힘을 합쳐 위기 상황에서 벗어나거나 위험에 처한 바다생물들을 돕는 이야기가 주요 골자인 것도 마음에 든다. 덕분에 바당이의 해양생물에 대한 호기심과 지식도 업그레이드되었고 아이는 옥토넛에 빠진 이후로 수족관을 정말로 즐기게 됐다.

### 양육자의 큐레이션

애니메이션을 보여주는 데 있어 일차적으로 내 나름대로의 '큐레이션' 과정을 거치는 건 애니메이션이 아이의 일과 중에 차지하는 비중이 상당했기 때문이다. 물론 처음에는 단순히 영상만 봤지만, 마트와 키즈카페 등에서 자신이 좋아하는 바로 그 캐릭터가 장난감으로 나와 있다는 사실을 알아채기까지 긴 시간이 걸리지 않았다. 특히 바당이는 두 돌쯤부터 자신이 좋아하는 캐릭터들을 가지고 '역할놀이' 하는 것을 제일 좋아했다. 맥스터핀스에 빠졌을 때는 맥스터피스 카트를 가지고 온 집 안 인형들과 장난감을 치료하느라 바빴고, 메이지에 빠졌을 때는 종일 메이지 팝업북으로 종이인형놀이를 했다. 그러면서 아이는 자기가 본 만화 속에 등장했던 대사들을 그대로 따라하기도 했다. 이렇게 아이의 관심은 단순 애니메이션에만 머무르지 않고 장난감이나 책, 그리고 뮤지컬로까지 확장되기 시작했다. 아이에게 미치는 영향력이 어마어마한 셈이다.

그때쯤 책에서 봤던 문장이 내 머릿속에 너무 선명히 남아 있었는데, 여자아이들의 장난감에는 '집 안'에 관한 것이, 남자아이들의 장난감에는 '집 밖'에 관한 것이 많다는 것이다. 바당이가 집 밖으로 나가는 모험만큼이나 집 안에서 식사를 준비하고 매일 생활하는 곳을 깨끗하게 청소하는 일 역시 아주 멋진 일이고 또 중요한 일이라는 걸 알길 바랐다. 여자는 집 안에, 남자는 집 밖에 속해 있는 게 당연하지도 어느 쪽이 더 우월하지도 않다는 걸 알았으면 했다. 나는 조금 더 신중하고 싶었다. 그래서 조금 더 다양한 세상과 삶의 모습을 보여주고자 큐레이션을 시작했다.

아이를 키우면서 가장 어렵다고 느낀 건 바로 '올바름'에 대해 이야기하는 것이다. 타인을 존중하고 약자를 배려하는 것. 차별과 편견에 맞서는 용기를 갖는 법. 어려서부터 그런 걸 알려주는 게 정말 중요한 일 같은데 참 쉽지가 않다. 배려나 존중 같은 말은 아직 아이가 이해하기엔 너무 어렵고 아이의 말 높이에 맞춰 설명하다 보면 전부 '사이좋게'가 되고 만다. 그래서 굳이 말로 하지 않아도 아이가 자연스럽게 느낄 수 있도록, 아이의 마음속에 씨앗처럼 남을 수 있는 이야기들이 소중하게 느껴진다. 아이를 좀 더 건강한 방향으로 슬쩍 밀어주는 이야기들이 더 많았으면 좋겠다.

언제까지 아이의 취향에 이렇게 은근한 그림자를 드리울 수 있을지는 모르겠다. 친한 형아네 집에서 변신 로봇을 한 번 보고 오더니 내내 두 눈이 휘둥그래졌던 것도 모자라 그날 밤 잠꼬대로 "변신!" "출동이다!" 하는 걸 보면 얼마 안 남은 것 같긴 하다. 그래도 심어둔 씨앗이 있다면 거기에 물을 주어 싹을 틔우는 일 정도는 내 몫으로 남겨둘 수 있지 않을까.

# 4장

# 아이에게는
# 더 큰 마을이 필요하다

# 나의
# 작은 사람。

무책임하게 들릴지도 모르지만 내가 바당이를 만나게 된 건, 어느 영화 속 대사처럼 순전히 '젊고 부주의해서'였다. 휴직과 병가를 반복하던 중, 월경주기는 엉망이 된 지 오래였고 하혈도 잦았다. 그 일로 검진 차 찾아갔던 산부인과에서는 내게 임신이 어려울 수도 있다고 했다. 그 말을 들었을 때도 별다른 감흥이 없었다. 아이를 갖는 것에 대해 단 한 번도 깊게 생각해본 적이 없었으니까. 그냥 '아, 그렇구나. 나는 아이를 낳는 게 힘들 수도 있겠구나' 정도가 다였다. 그 후 남편과 나는 단기 이주를 고민하며 한날한시에 회사를 그만두곤 제주도로 내려갔다. 그리고 그곳에서 나는 임신 테스트기에 뜬 선명한 두 줄을 확인하고는 너무 신이 나 방방 뛰어다녔는데, 이 모든 일이 불과 3개월 만에 일어났다니…. 그때의 일은 지금 생각해도 참 미스터리다.

## 선물 같은 아이

우리에게 바당이는 뭐랄까 '짜잔' 하고 찾아온 깜짝 선물 같았다. 요즘에도 종종 남편과 그 시절의 우리가 이게 뭔 줄 알고 그렇게까지 신났었는지 의문이라는 얘길 나누곤 하는데, 우선 양육생활에 대해 철저히 몰랐기에 가능한 일이었다. 나는 친구들에 비해 결혼을 일찍 한 편이었고 특히 가까운 친구들 중엔 결혼한 이도 아이를 낳은 이도 없었다. 와, 아이가 생겼다고? 우리 둘을 닮은 주니어? 이게 우리 상상력의 한계였다. 아이를 낳고 기른다는 것이 무엇인지 정녕 아무것도 몰랐다.

그리고 무엇보다 그땐, 그야말로 모든 것이 이보다 더 좋을 수는 없던 때였다. 제주에 머무는 동안 우리는 매일 바다를 봤다. 사실 그러기 위해 아주 큰 용기를 내 퇴사를 한 것이었다. 세상이 움직이는 방식에서 한 걸음 떨어져 나와 우리만의 속도로 하루하루를 살았다. 그날의 기분에 따라 아무 바다나 가서 매트를 펼치고 그 위에 누워 뒹굴대며 음악을 듣고 책을 읽고 바다 사진을 수십 장씩 찍었다. 그러니 아이의 태명이 '바당'이 된 것 역시 자연스러운 일이었다. 임신 사실을 확인하고 언제나처럼 바다 피크닉을 떠나던 길에, 남편은 내게 그 이름을 꺼냈다. "우리가 제주에 와서 가장 좋았던 건 바다였잖아.

그리고 여기에 와서 생긴 아이니까 태명을 제주 말로 '바당'이라고 하는 건 어때?" 햇빛과 구름, 바람과 파도가 모두 골고루 충분하던 날, 나는 제주 바다에 일렁이는 윤슬을 바라보며 대답했다. "좋아." 그 좋은 시절을 알아본 아이가 어찌나 기특했던지. 마치 좋은 때를 알고 내리는 비처럼 바당이는 그렇게 우리에게로 왔다.


## 우리 셋이서 잘 해낼 수 있을까

임신 시절은 다행히 평탄한 편이었다. 초기에는 입덧에 시달리기도 했고 후기 들어서는 치골통과 양수과소로 고생을 하긴 했지만 심각한 편은 아니었다. 평화로운 임신 시절을 보낼 수 있었던 건, 당시 내가 출퇴근을 하지 않아도 되는 퇴사자 신분이었기 때문이다. 종일 집에서 뒹굴뒹굴하며 몇 시쯤 어느 방에 해가 가장 잘 드는지를 알아두고, 느지막이 일어나 산책이라는 명목하에 동네의 수많은 떡볶이 집을 섭렵하며 지냈다. 그런데도 당시에 썼던 일기들을 보면 문득 한 번씩 무언가가 달라져가고 있다는 생각, 이제 곧 더 많이 달라질 거라는 불안에 휩싸였던 것 같다.

사람들이 많이 축하해줘서 기쁘다. 사실 나는 아기가 있는 부부의 삶을 부러워하거나, 좋아 보인다고 생각했던 적이 없었다. 오히려 반대에 가까웠다. 특히 여자로서 감당해야 하는 것들이 너무 크니까. 임신과 출산이라니. 그건 정말로 처음부터 끝까지 온전히 내 몸에서 벌어지는 일들이니까. 그렇게 내 몸에 새겨질 경험들이 정말로 두려웠고 내게 그걸 감당할 만큼의 여력과 여유가 있을지, 무서웠다.

아직은 큰 변화가 없어서 그런지 지금까지는 괜찮다. 오히려 크게 다가오는 건 남편과 내가 유지해온 이 완벽에 가까운 10여 년간의 연인관계에 등장할 제3자와 그로 인해 변하게 될 우리의 관계. 그런 것이다. 남편과 내가 지나온 시간 동안 진짜 수많은 일이 있었는데 이건 그것들과는 비교도 안 될 정도로 우리 둘에게 가장 높은 수준의 시련(?) 같은 게 아닐까 하는 생각도 들고.

남편과도 이 얘기를 가장 많이 했다. 우리에게는 완벽하고 따뜻한 이곳이 아이에겐 어떨지, 바당이가 와서 흔쾌히 그리고 기쁘게 지낼 만큼 충분히 아름다운 곳인지, 우리에게서 태어나기로 결정한 것을 후회하면 안 되는데. 우리 둘이었을 때처럼 우리 셋이서도 잘 해내가야 할 텐데. 그런 생각들. 확실히 '우리'에 대해 더 많이 고민하고 있다.

– 2015년 12월 21일

오늘은 베이비 페어라는 곳에 처음으로 다녀왔다. 아이에게 필요한 물건들을 사야 하는데 도대체 이름만 들어서는 어디에 쓰는 것인지 전혀 알 수 없어서 구경도 할 겸 겸사겸사. 입구에서 직원이 팔찌를 채워줬다. 얼마나 웃음이 나던지. 내가 이 남자랑 온갖 페스티벌, 영화제 등등을 다니며 다양한 종류의 팔찌를 차 봤지만 종국에 이르러(?) 베이비 페어 팔찌까지 차게 되다니···. 뭔가 어처구니가 없다고 해야 하나? 순식간에 바뀐 주변은 너무 낯설고, 그 안에서 우왕좌왕하고 있는 우리는 참 웃겼다. 내가, 우리가 이제 정말 멀리 왔구나 싶은 그런 기분이었다. 그러다 부스에 들어가서 이것저것 보다가 남편이 아기띠를 한 번 해봤는데 정말 이상했다. 우리가 이제 정말로 한 아이의 보호자가 되는구나. 조금씩 실감이 난다. 이렇게 내 생활 반경과 나를 둘러싼 풍경이 급속도로 변화하는 중. 시간은 이렇게도 흐른다.

– 2016년 3월 27일

## 아이가 만든 그때의 이야기

30개월 즈음부터 바당이는 잠자리에서 좋아하는 동물 이야기를 원했다. 그날의 주인공은 돌고래였다. 돌고래라. 가만 생각해보고 있자니 제주에 머물던 동안 들었던, 종달리에 나타나곤 한다던 돌고래 떼가 떠올랐다.

"엄마랑 아빠가 제주에 있던 때, 그때는 매일매일 바다를 봤어. 그런데 어느 날인가 종달리에 돌고래가 나타난다는 얘기를 듣게 된 거야. 그래서 종달리에 갔지. 엄마 아빠도 바당이만큼 돌고래를 좋아하거든. 그런데 아쉽게도 그날은 돌고래들이 보이지 않았어. 아마 다른 바다에 놀러 갔었나 봐. 그래서 사실 조금 아쉬웠거든? 근데 알고 보니까 엄마 아빠가 제주도에서 돌고래보다 훨씬 더 소중하고 사랑스러운 걸 만난 거야! 그게 누군지 알아? 그건 바로~ 바당이였어! 고마워, 바당아. 엄마 아빠한테 와줘서."

아무렇게나 만들었던 그 이야기를 바당이는 정말 좋아했다. 아니, 지금도 좋아한다. "엄마 아빠가 거기서 아주아주 소중한 걸 만났거든. 그게 누구게?" 물을 때면 아이는 매번 삐져나오는 웃음을 참지 못한 채로 "바당이?" 하며 내 품을 파고든다. 수십 번도 넘게 같은 이야기를 해달라고 하던 아이는 제 나름대로 그 이야기에 살을 붙여나갔다. 어느 날엔가는 "나는 혼자 제주도에 있어서 슬펐어. 엄마는 뭐 하고 있었어?"라고 묻기도 했고, 또 어떤 때는 이야기가 끝날 때까지 조용히 듣고 있다가 "엄마 나 찾아줘서 고마워요"라고 말해 나를 울린 적도 있다. 한번은 정말 의아하단 표정으로 "근데 왜 거기서 날 만났어요?" 하길래 "그러게. 엄마도 그게 궁금해. 너는 그때 엄마 아빠한테 어떻게 온 거야?" 물었더니 "열심히 헤엄쳐서 왔지! 수영 엄청 열심히 해서 이렇게 밖으로 쏙 나온 거야"라고 의기양양하게 대꾸하기도 했다. 얼마 전에는 바로 내 옆에 누워 "엄마 보고 싶었어요" 하기에 "음? 우리 종일 붙어 있었는데?" 했더니 "아니요. 엄마 배 속에서! 거기 작은 창문이 있었는데 엄마가 잘 안 보여서, 그래서 내가 제주도로 나온 거잖아요. 나는 태어날 때부터 엄마 보고 싶었거든"이라고 해서 정말 녹아버리는 줄 알았다.

바당이와 나는 그렇게 만났다. 순탄한 출발이었다. 임신 기간도 무난했고 출산 때도 큰 이슈는 없었다. 하지만 돌아가고 싶은 마음은 전혀 없다. 임신했을 때에 비해, 바당이가 신생아였던 때에 비해, 걷기 전에 비해, 지금이 압도적으로 좋다. 아이가 내 눈앞에 두 발로 서서 나와 눈을 맞추며 제법 긴 대화를 할 수 있게 된 지금이.

그리고 현재로서는 임신과 출산을 내 인생에서 다시 반복하고 싶은 생각 또한 없다. 아이와 나 둘 다 무탈하게 그 일들을 마칠 수 있었던 것이, 그 모든 게 그저 운이 좋아서였을 뿐 과연 또 그럴 수 있을 것인가 확실한 보장이 없다는 것이 내겐 아주 큰 공포로 남았다. 가끔 한 번씩 아이가 내 배 속에 있던 그 시절이 그리울 때가 있다. 하지만 그건 당시의 경험이 매우 내밀하고도 신기했기 때문이다. 아이는 내 배 속에서 무언가를 하고 있었고, 나는 그걸 즉각적으로 느낄 수 있었다. 우리 사이에는 어떤 해석도 필요치 않았다. 완벽하게 우리 둘만의 일이었다. 나에게 이따금 오는 '그리움'의 감각은 오롯이 우리 둘만이 느낄 수 있던 그 유대감이다.

그때 정말로 어떤 일들이 일어났던 건지는 아마도 영원히 알 수 없을 테지만 그때의 감각이 되살아날 때면 돌고래 이야기를 떠올린다. 아이의 말대로 돌고래 떼 옆에서 열심히 헤엄쳐 내게로 오던 바당이를 상상한다. 지금 나에게는 그 이야기면 충분하다.

## 나의 가족,
## 나의 동료。

　　남편과는 오랜 연애 끝에 결혼했다. 우린 오랜 기간 친구였는데, 당시 우리의 우정은 전적으로 비슷한 취향 덕분이었다. 우리는 매월 마지막 주면 서가에서 같은 월간지의 별자리 운세를 맞춰봤고 첫눈이 내리는 날에 보고 싶은 영화가 같았고 밤 열두 시엔 같은 라디오 주파수를 맞추고 오프닝 음악이 흘러나오기를 기다렸다. 온갖 영화와 밴드만으로도 쉬지 않고 떠들 수 있다는 데 짜릿함을 느꼈고, 그게 우리를 특별한 관계로 만들어줬다. 하지만 남편과 오래도록 연인 관계를 유지하고, 또 결혼까지 할 수 있었던 건 정작 다른 이유에서였다. "그래, 저 사람과 결혼해야겠어!"라는 결정적 순간이나 에피소드가 있었다기보다 오래 만나면서 차곡차곡 쌓인 믿음 덕분이었달까? 다시 말하면, 이 결심은 '이 사람과는 어떤 얘기도 할 수 있겠다'는 확신에서 비롯된 것이었다. 그 '어

떤 얘기'라는 게 취향의 영역은 아니었다. 오히려 그 반대에
더 가까웠다.


## 싫어하는 것이 같은 사람

Isn't it nice we hate the same thing?
우리가 같은 걸 싫어한다니. 정말 멋지지 않아요?


내가 가장 좋아하는 캐릭터인 마지 심슨이 이런 얘길 한 적
이 있다. 나와 나의 남편이 그랬다. 남편은 나와 마찬가지로
지하철에서 다리를 있는 대로 벌리고 앉아 있는 사람을, 초면
에 아무렇지 않게 반말을 내뱉는 사람을, 여자가 일한다고 애
를 맡기는 게 문제라고 말하는 사람을 견딜 수 없어 했다.

생각해보면 '좋아하는 것'에 대해 이야기를 나누기란 어렵
지 않다. 내가 좋아하는 것을 얘기하는 게 크게 다른 사람 비
위를 거스를 일도 없고 분위기도 무거워지지 않으니 만만한
대화 주제에 가깝다. 하지만 내가 참을 수 없고, 참고 싶지 않
은 것에 대해 말하기 위해선 상대에 대해 더 많은 믿음이 필요
하다. 이런 이야기를 꺼내도 상대가 나를 비난하거나 상처주

지 않을 거라는 신뢰가 있어야 하는 것이다. 내가 부당하다고, 불편하다고 느끼는 것에 대해 상대가 공감은커녕 '에이, 뭘 그렇게까지 생각해' '그냥 신경 쓰지 마'라며 내 불안을 '과민함'으로 일축해버리는 순간, 모든 마음이 차갑게 식는다. 사람마다 끓는점이 다를 수는 있다. 하지만 내가 느끼는 불쾌함을, 두려움을 헤아려보려는 노력조차 하지 않는 사람에게 내 온 마음을 내어주기란 불가능하다.

나는 함께 아이를 키우는 동지이자 동료가 된 후에도 마찬가지였다. 어떻게 해야 아들을 제대로 키울 수 있을지는 아이의 성별을 확인한 이후로 내겐 늘 중요한 문제였다. 그러다 출산을 꼭 한 달 앞두고 그 일이 있었다. 강남역 살인사건. 많은 여성이 그랬듯이 나 역시 그 사건을 지켜보며 한동안 아주 슬프고 무기력했다. 동시에 분노했다. 무엇보다도 그 사건에 대한 여성들의 절망감에 공감하지 못하는 사람들이 나를 더욱 참담하게 했다.

당시 블로그에 사건과 관련된 기사를 포스팅하거나 그에 관한 얘기할 때면 정말 한 번도 빼놓지 않고 "남자도 야심한 시각에 혼자 다니면 무섭다" "남자들이라고 다 그런 건 아닌데 싸잡아서 얘기하는 것 같아 기분이 나쁘다" 같은 댓글이 달렸다. 함께 어울리며 즐거운 한때를 보냈던 동기들, 선후배들이 그런 얘기를 할 때면 절망감은 배가 됐다. 옆 사람이 느끼는 '공포'에 공감하기보다 자신의 기분을 먼저 내세우는 사람들이 내게는 가장 큰 위협이 됐다. 이런 사회에서 남자아이를 키워야 하기에 더욱 그랬다.

하지만 그때도 남편은 나와 함께였다. 우리는 사건과 관련된 기사와 다큐멘터리, 여성들의 목소리를 함께 보고 들으며 대화를 나눴다. 늘 이런 문제에 대해 앞으로도 지금처럼 계속 생각하고 반성하고 같이 이야기하자고 뜻을 모았다. 이 아이를 이 사회의 책임 있는 구성원으로, 윤리적인 시민으로, 최소한 무해한 남자로 길러내는 게 우리가 할 수 있는 최선이라는 결론을 내렸다. 남자로 나고 자란 남편은 아마 내가 느끼는 무력감과 공포를 결코 다 알 수 없을 것이다. 나는 강남역 살인 사건 이후로 며칠 밤을 설쳤고 그 후로 공중화장실을 갈 때마다 불안감에 휩싸였지만 남편은 그렇지 않았다. 하지만 그럼에도 불구하고 그 일이 내게 미치는 영향력에 대해 이해하려 노력한다는 것, 일단 당사자인 여자들의 목소리를 먼저 듣고 믿는다는 것, 그게 내게는 위안이 됐다. 나의 뜻을 지지하는 사람과 함께 남자아이를 키울 수 있다는 것에서 용기를 얻었다.

## 너도 누군가와 함께 나란히 걷기를

바당이가 살아가는 세상이, 그리고 앞으로 살아갈 세상이 지금보다 더 나은 모습이길 바란다. 모두가 평등한 사회에서 살아갈 수 있기를 바란다. 그러기 위해서는 먼저 아이부터 그것을 위해 노력하는 사람이 되기를 바란다. 비명을 지르는 상대의 목소리를 틀어막고는 무턱대고 '사이좋게 지내자'는 말을 꺼내지 말기를, '너무 예민하다'며 그들의 경험을 함부로 재단하지 말기를 간절히 바란다. 저도 모르게 누리게 될 특권들이 있다는 것을 아는 염치를 가졌으면 했다. 마찬가지로 어떤 이유로든 차별받는 것은 부당한 일임을 알고 그것에 대해 맞서 싸워나가는 용기 역시 가지길 바란다. 무언가가 불편하다고 말하는 목소리가 있으면 그 말들에 귀 기울이는 사람이기를, 설사 본인의 생을 통틀어 단 한 번도 그런 일이 없었더라도 그런 마음은 무엇일까 헤아려보는 사람이기를 말이다. 그런 사람이 되어 성별 따위를 이유로 자신의 행동이나 삶에 제약을 두지 않기를. 자신이 지닌 가능성을 차근차근 펼쳐나가는 기쁨을 맛볼 수 있기를 바란다.

남편이 나의 가장 친한 친구이자 반려자이면서 동시에 이 세상을 함께 살아나가는 믿음직한 동료인 것처럼 아이 역시 그런 사람이 되었으면 좋겠다. 아이는 아직, 그리고 아마 한동안은 나의 보호가 필요할 것이다. 하지만 시간이 흐르면서 점점 많은 역할을 스스로 맡게 되겠지. 바당이는 나의 아이이기도 하지만 동시에 적어도 20년쯤은 나와 한집에서 살아갈 동거인이고 이 사회를 함께 살아가는 동료이기도 하다. 또 누군가의 친구이자 연인이며 이웃이자 선배이고 또 후배이며 동료가 될 것이다. 가끔 그 무렵의 바당이 얼굴을 머릿속에 그려보곤 한다. 누군가의 불편한 얘기도 꺼리지 않는, 그 누군가와 함께 걷는 사람이 되었으면 좋겠다.

# 아이는 자란다,
# 계속 자란다.

　　나는 원래도 체력이 좋다고 말할 수 있는 편은 결코 아니었지만, 아이를 낳은 후로는 어쩐지 방전된 배터리 같은 상태가 되고 말았다. 아무리 충전기를 꽂고 있어도 최대 80%까지밖에 충전이 되지 않는 배터리 말이다. "내 인생에 완(전)충(전)이란 없다!" 같은 기분이랄까. 아이를 낳은 후로 나 홀로 휴가를 몇 번 가져봤지만, 출산 후부터 차근차근 소진되어온 체력과 여유를 되찾기엔 역부족이었다. 아이를 기른다는 것은 365일 대기조가 된다는 것이었으니까. 물리적으로 떨어져 있으면 덜하긴 했지만 아이에게 가 있는 내 신경과 마음 한 줌까지 완전히 거두기란 거의 불가능에 가까웠다.

　　아이 낳고 급격히 피곤해진 것의 원인은 매일매일 할 일이 있다는 것이다. 그것도 되게 중요한 일들이. 회사원일 땐 어쨌든 정해진 마감일만 지키면 괜찮았는데 '양육'은 내가 맡은 과제가 계속 흐르고 있는 누군가의 인생이라 내 마음대로 일정을 계획하는 것이 불가능했다. 보고서는 마감이 일주일 후라면, 이틀은 좀 여유 있게 지내다가 수요일부터 시작해 마감일만 맞춰도 되지만 육아는 다르다. 내가 아무리 피곤하고 힘들어도 아이한테 오늘 아침밥은 먹지 말고 내일 먹자고 할 수는 없는 노릇이니까.

회사원이던 시절 한창 반복되는 야근에 지쳐 일기에 이렇게 쓴 적이 있었다. "내가 시간이라는 걸 살고 있는 건지 시간이 나를 살고 있는 건지 모르겠다." 그 생각이 떨쳐지지 않았고 자꾸 꼬리에 꼬리를 물어 결국 퇴사까지 했는데 지금은 그 시간마저도 아이의 시간에 목줄 잡혀 끌려가는 느낌이다. 그렇다. 육아의 가장 큰 문제는 내 업무 대상이 바로 살아 있는 생명체라는 것이다.


양육의 모든 순간


내가 해왔던 다른 모든 일이 그랬듯이 육아에도 권태기가 있었다. 힘든 건 힘든 거고 예쁜 건 예쁜 거긴 하지만 각각이 차지하는 비중은 시기마다 꽤 큰 차이가 있었다. 바탕이는 이

른바 '원더윅스'를 꼬박꼬박 챙기는 '원더윅스 모범생'이었고 유독 이앓이가 심했다. 그런 이벤트들이 있는 시기엔 예쁘이고 힘듦이고 솔직히 아예 기억 자체가 없다. 말 그대로 눈코 뜰 새 없이 하루하루를 버틴다는 기분으로 보내다 보면 어느새 약 한 달이 훅 지나 있는 식이었다. 또 양육자들 사이에서 '괜히 18개월이 아니다'라는 말이 있을 정도로 악명 높은 18개월, 본격적으로 자아가 깨어난다는 24개월까지. 바당이와 있었던 에피소드들이나 특별히 기억에 남았던 바당이의 말들을 적어두는 일종의 육아 일기를 별도의 데일리 일기 앱에 적는데, 그 시즌은 여전히 텅텅 빈 채로 남아 있다.

그중에서도 30개월의 고비는 정말 남달랐다. 모든 양육자의 바람이자 흔한 착각, 우리 아이는 순한 편이라고 자부했었는데…. 그 믿음이 와장창 깨지고 나와 남편은 매일매일 인내심을 시험당하기에 이르렀다. 바당이는 엘리베이터 버튼을 우리가 눌렀다며 바닥에 앉아 대성통곡을 하고, 손에 가득 묻어 있던 하얀 거품이 사라졌다고(당연한 일이지 않은가. 손을 씻었으니까.) 다 집어 던지는 파괴왕이 되었다.

나는 이 시기에 처음으로 '뚜껑이 열린다'는 표현을 이해하게 됐다. 하루도 바당이에게 큰소리를 치지 않고 넘어가는 날이 없었다. '안 돼'는 물론 '하지 마' '엄마 화낼 거야'도 통하지 않았다. 아이가 내 말을 듣긴 듣는 건가? 싶을 때가 한두 번이 아니었다. 온종일 아이와 씨름을 하는 기분이었다. 겨우 아이를 재우고 나면 내가 이 작은 아이를 상대로 종일 뭘 한 건가 싶은 자괴감이 들면서도 정말 더는 못할 것 같다는 마음에 괴로웠다. 겨우 양치 한 번 시키는데 이렇게까지 모든 에너지를 쏟아부어 가며 애걸복걸했다가, 또 무슨 공포정치를 하는 왕처럼 반협박을 했다가 결국엔 울고 부는 아이를 붙잡아 임무를 완수해야 한다는 게 나를 우울하게 했다. 대체 내 시간을 왜 이런데 써야 하는 거지? 적어도 십수 년 동안은 꼼짝없이 이런 일들을 매일매일 해야 한다고 생각하면 아득해졌다.

그때쯤 나는 매일 기다렸다. 바당이가 '원래의 바당이'로 돌아올 그날을 말이다. 창밖이 슬슬 어두워지기 시작할 때면 바당이가 언제 자려나 기대감에 부풀어 있었으면서도 정작 아이가 잠들고 나면 그 옆에 누워 이전의 대천사 시절의 바당이 사진과 동영상들을 무한 반복했다. 3D의 고단함을 녹여주는 2D 덕질이랄까. 친구들에게도 "다크 바당이야. 완전히 흑화됐어" 같은 말로 바당이의 현재 상태를 전하곤 했다.

## 아이는 자라서 스스로가 된다

그 이전의 시기들이 그랬듯이 바당이는 31개월에 접어들면서 자연스레 컨디션이 좋아졌다. 그리고 부쩍 자랐다. 이제 해도 되는 일이 있고, 해서는 안 되는 일이 있다는 것을 어느 정도는 받아들이는 것처럼 보였다. 손 씻자고 했더니 "엄마 나 오늘 트니트니 해서 너무 피곤해요"라며 은근슬쩍 소파에 드러눕는 것처럼 논리도 훨씬 정교해졌다. 또 자꾸만 TV를 보여달라고 하길래 오늘은 호비 안 하는 날이라 했더니 "엄마, 호비는 저기에 CD 넣는 거잖아요!"라고 받아친다. 이젠 정말 얼렁뚱땅 넘어가는 게 힘들어졌다. 그 폭풍 같던 시기를 거치더니 바당이는 세상 이치를 좀 더 상세히 알게 된 것처럼 보였다. 그래, 그걸 깨치느라 힘들었구나. 늘 지나고 나서야 안다.

아이는 뒤를 돌아보지 않는다. 다만, 자란다. 자란다는 것은 결국 변한다는 것이다. 아마 아이를 키우면서 무한히 반복될 일이리라. 사실 아이를 키우며 가장 어렵다고 생각하는 지점도 바로 여기다. '아, 이제 좀 알겠다! 우리가 이제 제법 합이 맞는 것 같아!' 하며 기뻐하고 있는데 금세 그 시기는 지나가 버리고 아이는 이미 새로운 단계에 접어들어 저 멀리에 가 있다. 드디어 수월하게 낮잠 재우는 법을 알아냈는데 정확히 그로부터 2주 후에 아예 낮잠을 자지 않게 되는 것처럼.

처음부터 '원래의 바당이' 같은 것은 없었는지도 모른다. 아이가 유독 크게 한 뼘 자라는 시즌에는 하루에도 몇 번씩 '이러다 내가 성불을 하겠구나' 싶은 순간이 많지만 어쩌겠나. 아이는 제 몫을 다 하고 있을 뿐인데. 바당이는 오늘도 바당이가 되기 위해 고군분투하고 있다.

# 어쩌자고
## 자식은 낳아가지고。

　　　　해가 바뀌어 네 살이 된 바당이의 최대 고민은 다름 아닌 네 살이 되기 싫다는 거다. 누가 지나가는 말로 "몇 살이니? 네 살이야?"라며 묻기만 해도 "난 네 살 아닌데. 네 살 하기 싫은데요?"라며 입을 비죽인다. 선생님들도 신기하다고 하셨다. 보통 아이들은 언니 된다, 형아 된다 하면 좋아해서 "형아는 이거 할 수 있대" "언니라서 그런가 이제 이런 것도 잘하네" 같은 말이 통한다는데 말이다.

　　하여튼 바당이도 나름대로 그게 스트레스였는지 하루는 무슨 말끝에 "나는 아직 세 살 아기인데 네 살 형아 하면 싫잖아요!" 하더니 "그러면 엄마 아기 아니잖아요" 하는 게 아닌가. 나는 아이에게 꾹꾹 눌러 답해줬다. "바당아, 바당이는 언제까지나 엄마 아기야. 네 살이 돼도, 일곱 살이 돼도 엄마 아기야. 이 세상에 하나밖에 없는 내 아기." 그 말에 "네 살도 엄마 아기예요?"라고 묻기에 "그럼, 당연하지!" 했더니 잠시 조용해졌다. 그러더니 이제 됐다는 듯이 "그럼 네 살 아기 할래요!"라고 외치는 거다. 그게 그렇게 중요한 문제였니, 싫어서 코가 시큰했다. 아이를 키울수록 내가 아무리 아이를 사랑해도 지금 아이가 나를 사랑하는 마음의 천분의 일, 만분의 일도 안 될 거라는 걸 절감한다.

언젠가 친한 엄마들과 우리 집에 모여 놀았을 때의 이야기다. 저녁이 되어 아이들은 모두 재우고 우리끼리 맥주를 한잔씩 들이켜며 '우리가 어쩌자고 자식은 낳아가지고 이렇게 됐는지 모르겠다'고 한탄 섞인 수다를 떨었다. 이제 내 아이의 얼굴을 알고 우리 집을 아는 사람들에겐 되도록 싫은 소리도, 컴플레인 같은 것도 하지 않는다부터 시작해 내 최대의 약점은 아이라는 생각을 종종 한다는 것까지. 아이라는 존재에서 비롯된 수다는 끝날 줄 몰랐다. 그날 나는 유독 자식을 가리켜 '심장이 걸어 다니는 기분'이라고 했다던 오바마의 말에 내적 하이파이브를 했다. 나에게도 그런 기억들이 있었기 때문일까?

## 어쩌다 이렇게 예쁜 아이를 낳았을까

아이를 처음으로 소풍 보내던 날이었다. 그래 봤자 원에서 차로 3분 정도 떨어져 있는 키즈카페였지만. 전날 밤부터 나는 몹시 바빴다. 아이의 가방 안에 내 이름과 연락처를 적은 네임택을 하나 넣어두고, 아이에게 걸어줄 미아방지 목걸이도 깨끗하게 닦아 두었다. 혹시 몰라 키즈카페의 연락처도 저장했고, 아이 데려다주고 나도 바로 옆 건물 카페에 가서 책이나 읽으며 기다릴까 하는 생각도 잠깐 했다(내 친구들과 남편은 그래서 너는 내일 키즈 카페에 몇 시까지 갈 거냐고 묻기도 했지만 그래도 다행히 잘 참았다). 아이를 재우러 들어가서는 '선생님이랑 친구들 옆에 딱 붙어 있어야 한다' '모르는 사람 따라가면 절대로 안 된다' 같은 주의 사항을 일러주었다. 정말 아이를 키운다는 것은 매 순간 걸어 다니는 심장을 노심초사 바라보는 일이 아닐까. 내가 사는 동안 이 아이에게만큼은, 이 아이를 향한 마음만큼은 놓을 수가 없겠구나 싶다. 오랜만에 곤히 잠든 아이의 얼굴을 오랫동안 바라보고 있자니 지난날들이 떠올랐다.

바당이가 태어난 지 얼마 안 된 어느 날엔 날이 밝을 때까지 거의 하룻밤을 꼴딱 새며 잠든 아이 얼굴만 쳐다본 척도 있었다. 수채 물감으로 조심조심 그린 것 같은 눈썹, 점토를 조물

조물해 붙여놓은 듯한 말랑한 귀, 휘파람을 불어줄 때면 제법 흔들리는 귀밑머리, 제주의 파도처럼 말려 올라간 속눈썹, 물방울 같은 인중. 아이의 얼굴을 찬찬히 보고 있노라면 엄마가 언젠가 내게 했던 말이 떠오른다. "네가 이렇게 컸어도 내가 보는 건 아기 시절의 잠든 네 얼굴이야"라는 그 말. 어쩌면 나도 평생 아이를 이 얼굴로 기억할지도 모르니 가능한 한 꼼꼼히, 오래도록 살펴보고 싶었다.

그보다 조금 더 오래전에는 어땠더라. 남편과 서로 일과를 마치고 침대에 나란히 누워 아이 얘기를 하다 보면 결론은 언제나 "너무 예쁘다, 너무 귀엽다"로 끝이 나곤 했다. 그러고 나면 바로 잠들기가 아쉬워 둘이 함께 아이 방으로 가 잠들어 있는 바당이를 한참 쳐다보다 왔다. 남편과 손 꼭 잡고 잠든 아이를 내려다보며 "어쩌다 우리가 이 예쁜 걸 낳았을까" 하던 순간들.

잠든 아이를 바라보던 최초의 기억은 그보다 더 오래전이다. 아이를 분만실 밖에서 처음으로 봤던 순간은 아직도 생생하다. 출혈이 많았던 터라 첫 수유는 포기하고 신생아 면회 시간에 맞춰 휠체어를 타고 신생아실 앞으로 갔었다. 유리창 너머로 본 바당이는 곤히 잠들어 있었는데 나는 아이를 쳐다보며 막 울었다. 사실 '울었다'는 게 정확한 표현인지 모르겠다.

그냥 눈물이 막 주룩주룩 흘러내렸다. 아마 호르몬 때문이었을 텐데 누가 보면 굉장한 사연이라도 있는 줄 알았을 것이다. 그런데 그때 왜 그리 울었냐고 묻는다면 대답은 하나다. 아이가 너무 작아서. 그 생각이 대체 어디서 온 것인지는 몰라도 나는 "바당이 좀 봐. 정말 너무 작잖아. 정말 어떡해"라며 면회 시간 내내 울기만 했다. 가끔 아이를 보고 있으면 그날이, 그 마음이 떠오른다. 내게 너무 소중한 무언가가 있다는 것. 그런데 심지어 그것이 이토록 작고 약한 무엇이라는 것. 그게 뜻하는 바가 무엇인지 거의 매일 생각하며 산다. 살아간다.

사실 신생아실 너머에서 아이가 너무 작다며 울고불고했던 기억은 나중에 생각해보니 조금 웃겼다. 왜냐하면 바당이가 결코 작지만은 않았기 때문이다. 물론 갓 태어난 아기니 작기야 했지만 3.8kg에 가까운 몸무게와 큰 키로 누가 봐도 우량아에 가까웠다. 다시 말하면, 실은 "크다!"라는 말이 절로 나오는 아기였으며 얼굴 역시 다른 신생아들과는 달리 매우 근엄했다. 사실 바당이는 신생아실에서도 나 홀로 50일 포스를 내뿜어 모두에게 큰 웃음을 줬었다는 걸 나중에 남편과 가족들의 이야기를 통해 알게 됐다.

# 어른이
# 된다는 것.

북두칠성을 눈으로 본 적이 있다. 할슈타트에서였다. 나는 신혼여행 중이었고 할슈타트는 내가 가본 도시 중 가장 아름다운 곳이었다. 커다랗고 푸른 호수를 감싸안고 있는 동화 같은 마을. 높다란 산에서 그 풍경을 한눈에 내려다보고 있자면 모든 것이 다 괜찮게 느껴졌다. 말 그대로 평화 그 자체였다. 프라하에서 차로 서너 시간을 달려 그 작은 호수 마을에 도착했던 그날 밤, 나는 난생처음으로 북두칠성을 봤다. 어려서 별자리 책을 볼 때면 '에이 정말 저렇게 생겼다고?'라고 생각했었는데 정말이었다. 그보다 더 국자 모양일 수는 없을 것 같은 국자가 캄캄한 밤하늘에서 빛나고 있었다. 남편과 나는 곧장 "진짜잖아! 진짜 국자 모양이었어!"라고 외치곤 너무 신이 난 나머지 이상한 춤을 추며 호숫가를 뛰어다녔다. 우리가 부부로 시작하는 첫 여행에 북두칠성이라니. 우리가 북두칠성을 쫓아온 거였다니! 제대로 도착했다는 기분이었고 좋은 예감이 들었다. 앞으로 좋은 일들만 잔뜩 있을 것 같은.

그날은 2014년 4월 16일이었다.


아무도 구하지 못한 그날,
나는 처음으로 어른이 되었다

달뜬 기분으로 일어난 다음 날, 일정을 시작하기 전 잠시 접속한 포털 사이트 메인화면에서 이런 뉴스를 봤다. 진도 앞바다에서 여객선 한 척이 침몰했으나 모두가 구조되었다고 하는 한 줄짜리 짧은 뉴스. 나는 남편에게 그 이야기를 전하며 '다행이야'라고 덧붙였었다. 하지만 케이블카를 타고 올라가 내가 살면서 본 것 중 가장 아름다운 눈과 호수, 그리고 하늘과 구름을 만끽한 후 다시 켜본 스마트폰 화면에는 전혀 다른 이야기가 적혀 있었다. 아무도 구하지 못했다고 했다. 아무도.

처음에는 내가 너무 아름다운 곳에서 근사한 시간을 보내고 있기 때문에 죄책감을 느끼는 걸까 생각했었다. 하지만 아니었다. 할슈타트를 떠나 빈에 가서도, 한국에 돌아와서도 마찬가지였다. 실시간으로 벌어지는 일들의 목격자가 되면서 나는 죄책감에 마음 한구석이 납덩이처럼 무거워졌다. 그리고 그 미안함에 대해서 한동안은 잘 설명할 수가 없었다. 다만 내가 외면해왔던 어떤 작은 일들이 차곡차곡 쌓여 기어코 이 엄청난 일을 만들어내고야 말았구나 싶은, 그런 심정이었다. 내가 그저 '오늘은 몇 시쯤 퇴근할 수 있으려나' '이번 주말엔 어디 가서 무얼 먹어야 후회가 없을까?' 같은 일들에 골몰하면서 굳이 더 알고자 하지 않았던 모든 일이 결국엔 이런 일을 불러왔구나 하는 죄스러움이었다. 그때였던 것 같다. 막연하지만 '어른이 됐다'라고 느꼈던 게. 아이를 낳고 나서 그 감정의 실체를 좀 더 분명히 알게 됐다. 그게 바로 어른의 감각이라는 것을.

바당이가 백일이 조금 지났을 때 즈음 나는 〈루머의 루머의 루머〉라는 10대 청소년들의 학교생활을 다룬 드라마를 보다가 화들짝 놀랐다. 내가 감정이입을 하는 대상이 다름 아닌 그 아이들의 양육자였기 때문이다. 정확히 말하면 주인공 남자아이의 엄마였는데, 세상에 그녀가 13개의 에피소드에 등장하는 시간을 헤아려본다면 누군가는 그게 과연 가능한 일이냐고 물을지도 모른다. 하지만 나는 아주 자연스럽게 나를 그쪽에 세워두고 있었다(실제로 그만큼 적다). 나는 이제 누군가의 보호자이자 대변인이었고 '책임이 있는 쪽'이었다. 어째서 이런 일이 일어날 수밖에 없었냐고 화를 내거나 누군가를 원망할 자격이 여전히 내게 있는 것일까. 글쎄, 아무래도 아닌 것 같았다. 나는 차라리 이런 일들을 일어나게 만든 사람 혹은 최소한 이런 일들이 일어날 때까지 아무것도 하지 않은 사람 중 한 명이고 그러므로 내겐 이걸 바로 잡아야 할 의무가 있다는 생각이 들었다. 그쪽이 훨씬 자연스러웠다. 이것만큼 '어른'이 되었다는 명백한 증거가 있을까.


## 어른스러운 어른이 된다는 것

한편으로 어쩌자고 이런 세상에 아이를 낳았을까, 참 대책 없기도 하다 싶은 마음이 들 때가 있다(사실 많다). 내가 누군가를 책임질 수 있을 정도로 충분히 강하지 못하다는 생각이 드는 것은 헤아릴 수도 없고(아이가 낮잠을 오래 자는 날이면 늘 살금살금 방에 들어가 곤히 자는 아이 가슴께에 손을 얹어보곤 했다) 지구온난화로 빙하를 잃은 북극곰들부터 아동을 대상으로 하는 수많은 범죄까지 무엇 하나 그냥 흘려보내기가 참 어려웠다.

너무나 복합적이고 거대한 문제들이라 어느 것 하나 내가 손댄다고 뭐 그리 크게 바뀌겠나 싶을 때도 있다. 그래도 달라진 게 있다면 뭐라도 하긴 한다는 거다. 일회용 컵 대신 텀블러를 챙기고, 더 이상 모헤어 소재의 니트는 사지 않는다. 페미니즘 교육 의무화 청원을 위해 주변 사람들에게 메시지를 보내고, 우리 지역에서 열린 스쿨미투 집회에 참석하지 못한 마음을 담아 후원금이라도 입금한다. 나만을 위한 일은 아니다. 내 아이가 살아갈 세상이라고 생각하니 무엇이든 하나라도 더 나아지기를 바라게 됐고 그러다 보니 자연스레 내 아이뿐만 아니라 다음 세대를 염두에 두게 됐다. 아이를 낳기 전의 내 머릿속에는 전혀 없었던 일이다.

아이를 키우면서 어떤 말이나 행동을 할 때 스스로 가장 많이 생각하는 건 '과연 지금 내가 어른스러운가'다. 내 아이에게도, 다른 아이들에게도 또 세상에 대해서도 어른스럽게 군다는 것. 아직은 그게 정확히 모르겠지만 하여튼 이제는 더 이상 불만만 늘어놓으며 누군가를 향해 손가락질만 하던 때와 같을 수는 없다는 것만은 분명하다. 당장 내가 편한 것보다는 불편함을 조금 감수하더라도 나보다 작고 약한 다른 존재들의 입장에서 생각해본다는 것. 어른이 된다는 건 그런 것이고, 아이는 내게 그걸 알려준 존재다.

# 카르마
## 폴리스。

아이가 사회생활을 시작하기 전엔 정말 몰랐다. 나의 육아 동지들이 오전 10시가 가까워오면 순차적으로 "등원시켰다!"라는 단말마를 타임라인에 외치곤 홀연히 사라지던 그 심정을 말이다. 아이와 외출 준비를 한다는 게 그 자체로 번잡스러운 일인데다 시간에 맞춰 어딜 간다는 것은 굉장한 에너지와 집중력, 그리고 인내심을 필요로 하는 일이었다.

바당이도 종종 원에 가기 싫다며 책을 읽어 달라, TV 뭐 하나 한번 틀어보자는 기본이요, 또 블록놀이 하고 싶다며 늑장을 부리곤 했다. 사실 조금 늦어진다고 해서 큰 문제가 되는 것도 아니고, 아침에 기분이 안 좋은 채로 헤어지면 마음이 좋지 않아서 최대한 좋게 달래보려고 하지만 그것도 한두 번이지. 게다가 왜 꼭 다른 날도 아니고 알림장에 '내일은 반드시 몇 시까지 등원해주세요'라고 적혀오는 날이면 어찌나 느릿 느릿 늑장을 부리는지…. 정말 미스터리였다. 사정도 해보고 목소리를 낮게 깔아 분위기 조성도 해보고 평소에는 최대한 안 하려고 하는 말들(너 자꾸 그러면 엄마 먼저 갈 거야)도 해보지만 차마 아이에게 '버럭'까지는 하지 못한다. 내가 특별히 인내심이라는 게 있어서라기보다 등원길에 꾸물댄다고 화를 내기에는 조금 머쓱한 입장이라 그렇다.


## 나와 나의 엄마

영화 〈레이디 버드〉를 극장에서 처음 보던 날, 첫 장면에서부터 나는 이 영화가 내 인생의 영화 중 한 편이 될 것이라고 확신했다. 왜냐면 이건 바로 나와 우리 엄마의 이야기였기 때문이다. 당연한 반응이라고 생각할 것이다. 이 영화야말로 세상의 모든 딸과 엄마의 이야기니까. 그런데, 그런 얘기가 아니다. 레이디 버드가 엄마와 말싸움을 하다가 차에서 문을 열고 뛰어내리던 바로 그 장면…. 그 장면에 대한 얘기다.

내가 고등학생 때의 일이다. 지각 위기에 처한 나를 엄마가 학교에 태워다줬고, 차 안에서 우리는 말싸움을 했다. 그리고 나는 신호대기 중이던 차에서 그냥 내려버렸다. (레이디 버드처럼 달리는 차에서 뛰어내린 건 아니다. 나는 그래도 적법한(?) 절차에 따라서 내렸어!) 그날은 비가 왔고 나는 우산도, 지갑도 없었지만 그냥 막무가내로 걸었다. 엄마는 그런 내 옆으로 차를 바짝 붙이고 속도를 늦춰 따라오며 창문을 내린 채로 타라고, 제발 좀 타라고, 학교까지 어떻게 갈 거냐고 물었다. 흡사 로맨틱 코미디나 멜로물의 한 장면 같네…. 음. 그날 학교에 어떻게 갔더라. 어쨌든 지갑도 없었으니까 엄마가 태워다 줬을 것이다. 나는 또 무슨 핑계를 대면서 못 이기는 척 차에 다시 올라탔을지 너무 궁금한데 기억이 잘 나지 않는다(너무 창피한 기억이라 내 무의식이 삭제해버린 것인지도 모른다).

그 시절에 엄마는 내게 편지를 많이 써줬다. 크게 다툰 다음 날이면 등교하는 내 가방 앞주머니에 편지를 넣어주곤 했다. 그때마다 나는 등굣길에 그 편지들을 꼬박꼬박 챙겨 읽었다. 그런데 사실 그 편지 내용은 지금 전혀 기억이 나질 않거니와, 따로 공들여 보관해놓지도 않았다. (엄마 미안.) 물론 나도 종종 답장을 썼고 그게 우리의 '화해 의식'이었지만 내 것은 엄마의 것보다 훨씬 짧고 성의도 없었으며, 형식적인 내용이었던 것 같다. 애초에 엄마를 상대로 싸우고, 또 화해했다고 말하는 것 자체가 부끄럽지만 하여튼 그때의 나는 그런 10대였다.

내가 엄마한테 마지막으로 편지를 쓴 건, 산후우울증이라는 고지를 향해 한발한발 나아가던 나를 도와주기 위해 우리 집에 와줬던 엄마가 4개월을 함께 보내고 본가로 떠나던 날이다.

"아이 낳으면 엄마 마음을 알게 된다던데 엄마 된 지가 얼마 안 되어 그런가 솔직히 그게 뭘 말하는 건지는 아직도 잘 모르겠어. 그저 아이 키우다 보니 지금 나와 바당이가 이렇게 애틋하듯이 엄마와 나도 아주 오래전에 그런 시절을 보냈을 거라는 짐작을 하게 됐는데 그게 조금 놀랍기도 쑥스럽기도 해. 이상한 표현이지만. 나는 전혀 알지 못하는 시기를 엄마는 여전히 기억하고 있지? 고마워. 나와 그런 예쁜 때를 보내줘서."

그렇게 적으면서 막 엉엉 울었다(왜 울었는지 모르겠지만 여튼 막 눈물이 났다. 단순한 호르몬 문제였을지도 모른다). 그렇게 쓴 편지를 현관에서 엄마에게 건네며 또 살짝 울었고 우리 엄마도 눈물을 보여서 나는 사실 엄청난 충격을 받았다. 왜냐면 우리 엄마가 우는 걸 거의 본 적이 없었으니까. '세상에, 우리 모녀에게도 드디어 이런 순간이(?!)' 같은 생각이 들며 아무튼 기념비적인 날이구나 싶었는데 주차장에 따라 내려가 엄마 차에 짐을 실어주고 돌아온 남편이 여전히 훌쩍이고 있는 나를 위로하며 이렇게 말했다. "자기야, 근데 어머니는 자기를 보고 우신 건 아니었어⋯. 이런 말 하면 어떨지 모르겠지만⋯. 마지막에 바당이 보면서 '바당이랑 함께할 수 있어서 행복한 시간이었다'고 하셨거든⋯."

음⋯ 그랬구나⋯.

당연한 말이지만 내가 엄마가 됐다고 나의 엄마를 '뽕!' 하고 이해하게 되는 일 같은 건 벌어지지 않았다. 그냥 엄마와 나는 여전히 성격이 좀 다르고 취향도, 시간을 보내는 방식도 다른, 그냥 그런 엄마와 딸이다. 다만 아이를 키우면서 이따금 '엄마도 그랬을까?' '우리 엄마는 어땠을까?' 같은 물음이 조금 늘었을 뿐. 이런 질문들이 조금 더 모이면 엄마를 좀 더 잘 알게 되는 날이 오려나. 솔직히 잘 모르겠다.


업보라는 건 돌아오는 거야

그런 것이다. 등원길에 꾸물대는 아이에게 화를 내지 않는 자애로운 엄마의 실상이란, 사실은 업보Karma가 있어서 화를 낼 수가 없는 것이다. 아이에게서 나를 발견하는 일은 놀라움으로 가득하다. 그게 늘 반가운 종류는 아니라는 게 문제지.

솔직히 '어쩜 이렇게 나랑 똑같을까?' 싶다가 '그럼 애도 고등학생 때 내 차에서 문 열고 뛰어내릴까?' 그런 생각이 들면서 뜨끔할 때가 더 많다.

바당이가 등원을 미루며 이것저것 조물조물하고 '이 옷은 싫다. 꼭 다람쥐가 그려진 옷을 입어야겠다. 아빠가 양말을 신기는 건 안 된다. 꼭 엄마가 신겨줘야 한다' 해가며 딴청을 피워 속에서 천불이 나려고 할 때면 엄마가 그 빗속에서 나를 등교시키고 집에 돌아오자마자 컵에 소주를 따라 벌컥벌컥 마셨다는 얘기를 떠올리며 마인드 컨트롤을 한다.

그러니까 이건, 한때 내가 가장 사랑했던 밴드의 곡이 어떻게 나의 주제가가 되었는가에 관한 이야기다.

This is what you get!

그게 네 업보야!

– Radiohead, 〈Karma Police〉

# 네 바퀴로
# 굴러가는 삶。

 

남편과 둘뿐이던 시절에도 우리는 도깨비 여행을 떠나기보단 시내 호텔에서 호사를 누리는 걸 선호하는 편이었다. 아이를 낳고 얼마 안 됐을 때는 더욱 그랬다. '남이 정리해주는 침대! 남이 청소해주는 욕조! 그곳이 바로 천국이다!' 같은 마인드였달까. 게다가 호텔에서는 한 명이 아이를 전담하면 한 명이 사우나나 라운지에서 혼자만의 시간을 만끽할 수 있으니 금상첨화였다.

바당이가 돌이 조금 지났을 때쯤 어느 날 남편이 예정에 없던 이틀짜리 휴가를 받게 됐고 뭘 할까 조금 고민하던 우리는 바로 서울에서 제일 좋아하는 호텔로 향했다. 오랜만에 좋아하는 동네에 가서 미술관도 가고 대형 서점에 가 아이 책도 함께 고르고 궁 산책도 할 요량이었다. 둘째 날 아침, 조식을 먹고 남편이 사우나에 다녀오는 동안 바당이와 나, 단둘이 있을 시간이 됐다. 아이를 유아차에 태우고 호기롭게 산책에 나섰다. "바당아, 엄마 아빠가 제일 좋아하는 동네야. 구경시켜줄게!"라고 해가며.

광화문 사거리에서 횡단보도를 건널 계획이었지만 신호가 막 바뀌기도 했고 예전에 그랬던 것처럼 뚜렷한 목적지 없이 그저 그 동네를 만끽하고 싶은 기분이었던 터라 일단 세종문화회관 앞까지 걸었다. 오후가 되면 훨씬 붐빌 테니 아이와 단촐하게 책 구경을 하는 게 낫겠다 싶어 서점에 가기로 마음먹었다. 거기서 횡단 보도를 건너면 됐다. 그랬으면 됐는데 좋은 날씨에 더 걷고 싶었던 나는 곧장 길을 다 건너지 않고 절반만 건너 지하도 위를 왔다갔다 하는 선택을 하고 말았다. 그때만 해도 이 찰나의 선택이 그런 결과를 불러올 줄이야 전혀 몰랐다.

경험해보지 않으면 알지 못하는

지하도 이쪽저쪽을 산책하다가 이제 서점에 가야겠다 싶어 유아차를 씽씽 밀며 지하도 안으로 한참 내려갔다. 그때 내 눈앞에 나타난 건 바로 계단이었다. '어, 어떡하지.' 나는 몹시 당황했다. 하지만 곧장 낙천적으로 생각했다. '에이 뭐. 이런 도심 한복판에 엘리베이터 하나 없겠어? 아니면 어디든 경사로가 있을 거야.' 왔던 길을 돌아가다 보니 엘리베이터 표지판이 보였다. 어둡고 좁은 통로였지만 그리로 쭉 걸어가자 엘리베이터가 있었다. 좀 작고 낡은 엘리베이터. 이용객이 많지 않은 것 같아 보이긴 했다. 이 시설을 관리하시는 직원분들만 이용하시는 것은 아닐까 싶은. 뭐, 하여튼 찾았으니 됐지. 엘리베이터에서 내리자 지하철 개찰구가 보였다. 익숙한 풍경이었다. 이제 그 위로 반 층 정도만 올라가면 서점 입구다. 그렇게 신나게 유아차를 미는데 그제야 기억났다. 계단을 올라가야 한다는 걸. 서점 문이 빤히 보였지만 도저히 그리로 올라갈 방법이 없었다.

어찌나 난감하던지. 아주 가벼운 발걸음으로 그 계단을 오르내리던 사람들 사이에서 나는 조금 무기력했고, 또 민망했다. 어쩌지. 다른 수가 없었다. 일단 다시 출발점으로 돌아가야 했다. 지하보도 밖으로 나가야 했다. '그래, 그럼 엘리베이터를 타고 올라가서 밖으로 나가자. 그리고 아까 건너다 말았던 횡단보도를 마저 건너서 서점 빌딩으로 들어가는 거야!' 결국, 나와 바당이는 지하보도에서 빠져 나와 횡단보도를 건넜다. 계획했던 방향과 정반대긴 했지만 말이다. 나는 아까 건넜던 횡단보도를 그대로 건너 곧장 호텔로 돌아왔다. 남편의 어디 다녀왔냐는 말에 "음… 그게…" 하곤 대꾸할 말을 찾는데 어쩐지 말이 잘 정리되지 않았다(나중에 알아보니 이런 경우 지하철 역사 직원 분에게 도움을 요청하면 유아차 이동을 도와주신다고 한다. 하지만 역사 직원 분의 도움 없이도 자유로운 이동이 가능한 시대를 꿈꾼다).

『실격당한 자들을 위한 변론』의 저자이기도 한 김원영 변호사가 『창비어린이』(2019년 봄호)에 기고한 글이 있다.

아동과 장애인, 우리는 비록 서로를 피하지만 이처럼 누구보다 연대해야 할 상황을 공유하고 있다. 예찬받는 존재, 동시에 보호의 대상으로만 여겨지는 존재, 귀엽고 순진무구하지만 특정 공간에는 절대 와서는 안 된다고 여겨지는 존재. 종종 사람들에게 영감과 숭고미를 주는 존재로 여겨지고, 보호받아야 할 때 묻지 않은 존재로 불리지만, 내가 타는 버스에는 오르지 말아야 하고, 내 옆집에는 살지 않기를 바라는 피곤하고, 더럽고, 매끈하지 않은 존재다. (…) 그렇기에 나는 아동이라는 동료 시민과 연대하지 않을 수 없다.

　　　　　－김원영, '낭만적 예찬을 넘어서—이미지 시대의 아동을 생각하다'

이 글을 읽다가 오래전 광화문의 그 지하보도와 엘리베이터가 떠올랐다. 내가 비가 오건 눈이 오건 날씨 따위에 구애받지 않고 깔끔하고 널찍하게 구획된 공간들을 마치 내 것인 양, 이 두 다리로 실컷 누리며 걸어 다닐 때, 어떤 이들은 그 아래의 어둡고 좁은 통로에서 네 바퀴를 굴리며 길을 찾았을 거라 생각하니, 또 그것을 내가 전혀 몰랐다고 생각하니 나의 그 무신경함에 어떤 말을 덧붙여야 할지조차 막막했다.

그날 지하도에서 올라와 서점으로 가기 위해 다시 탔던 그 허름한 엘리베이터를 기다리던 건 나와 바당이뿐만이 아니었다. 전동 휠체어를 탄 할아버지 한 분이 우리와 함께였고 엘리베이터 문이 열리자 유아차에 아이를 태운 한 가족이 내렸었다. 그들은 어디로 가는 길이었을까. 어디를 다녀오는 길이었을까. 그날 다들 목적지에 잘 도착했을까. 그들의 네 바퀴로 굴러가는 삶은 무사했을까.


내가 전혀 몰랐던 삶


바당이를 낳고 좋은 점이 몇 가지 있다. 그중 최고는 내가 다시 아이들의 세계에 초대받았다는 것이다. 적어도 아이들의 세계를 꽤 근거리에서 관찰할 수 있는 참관자의 기회를 얻었다. 아니었다면 나 역시 높은 확률로 아이들의 입장이란 것을 전혀 모르는, 네 바퀴로 굴러가는 삶에 대해 무지한 사람으로 남았을 것이다.

아이와 함께 가는 곳 중 특별히 아끼는 장소 중 하나가 바로 판교에 있는 현대 어린이책 미술관인데 지난겨울에 열린 전시의 제목은 바로 이것이었다. '작은 시민들.' 세상에 얼마나 더 많은 '○○ 시민들'이 있을지 상상해본다. 그들의 '환대받을 권리'를 위해 '환대할 용기'(『환대받을 권리, 환대할 용기』, 이라영)를 가진 사람이 되는 것. 누군가 내게 어떤 사람이 되고 싶냐고 묻는다면 나는 그렇게 대답할 것이다.

## 출생률
## 최저 시대에 부쳐。

2018년은 어쩌면 후세대 아포칼립스 장르물에서 인류 종말의 원년으로 등장할지도 모른다. 다름 아닌 2018년이 통계 작성을 시작한 이후 처음으로 합계출산율이 1명 밑으로 떨어진 역사적인 해이기 때문이다. 합계출산율은 한 명의 여성이 가임기간(15~49세)에 낳을 것으로 기대되는 평균 출생아 수를 의미하는데, 2018년 합계출산율은 0.98명을 기록했다. 언론과 정부는 연일 난리였다. 몇몇 사람들도 진심으로 놀란 것 같아 보였다. 글쎄, 내가 보기엔 너무 당연한 흐름 같은데 말이다. 출산율 0명 시대를 바라보는 기혼유자녀 여성의 솔직한 심정은 뭐, 그렇다. 쌤통이다.

# 끝이 없는 '엄마 자격 검정 시험'

아이를 낳고 한동안 이상한 감정에 시달렸는데 그건 바로 정체불명의 배신감이었다. 그런 감정 자체도 낯설었지만 상대가 불분명하다는 점에서 더욱 곤란했다. 임신을 확인하고 진료실에서 나오던 내게 간호사 선생님이 첫 초음파 사진과 함께 산모수첩, 임신확인증을 챙겨주며 정부와 지자체, 보건소 등에서 임산부에게 제공하는 지원 내용을 간략히 설명해 주셨다. 그저 모든 임산부에게 지원되는 매뉴얼 그대로였지만, 그때 잠깐 나와 내 아이가 이 사회로부터 조금이나마 환영받고 있다는 인상을 받았었다.

그러나 막상 아이를 낳자 놀랍게도 아무도 신경 쓰지 않는 것처럼 보였다. 모유가 최고라고 '젖은 잘 나오냐'는 말을 인사말로 하면서 정작 모유 수유에 대한 정확한 정보를 제공하는 이는 없었고, 산후 우울증이 무섭다고 하면서도 그게 정확히 어떤 증상이며 어디에서 어떤 도움을 청하고 받을 수 있는지 알려주는 곳도 없었다. 순전히 당사자인 나의 의지와 의료진의 개인적 선의나 친절 등에 기대야 했다. '내일의 주인공'을 운운하던 사람들은 막상 그 '내일'이 되자 '그래서 뭐? 이제 알아서 해야지'라고 말하는 것처럼 보였다.

게다가 우리 사회에 전해져 내려오는 이상한 풍습. 바로 고생할 대로 하고 얻은 것이야말로 진정 값진 것이라 여기는 사고방식과 태도는 '양육'에 관해서는 더욱 놀라운 폭발력을 발휘했다. 하긴 남의 집 양육이라는 것은 일단 모두가 말을 얹고 보는 만만한 주제이니 당연한 일인지도 몰랐다. 질식분만이냐 제왕절개냐에 대해 정작 유경험자들끼리도 말조심하는데 주위에서는 마치 제왕절개로 아이를 낳은 사람을 두고 힘 하나 안 들이고 애 낳은 사람 취급을 한다. 하지만 이건 시작에 불과하다.

흥미로운 건, 아이 양육에 있어 어떤 선택을 하든 늘 양쪽 모두에 대한 비난이 존재한다는 것이다. 완모를 했다고 하면 자기 인생을 희생해가면서 아이에게 올인한 엄마 취급을 받고, 분유를 먹였다고 하면 아이보다 자기 몸 편한 게 중요한 이기적인 엄마 취급을 받는다. 이유식과 아이 반찬을 직접 만들어 먹인다고 하면 그렇게 키우면 아이가 까탈스러워진다며 타박하고, 배달 시켜 먹인다고 하면 아이가 엄마가 해준 밥도 못 얻어먹고 안됐다며 비난을 받는다. 아이를 어린이집에 조금 일찍 보내면 아이가 불쌍하다며 혀를 끌끌 차는 소리를 들어야 하고 세 돌이 넘은 아이를 아직 기관에 보내지 않는다고 하면 그렇게 애를 옆에 끼고 있는 것도 안 좋다고 아이가 무슨 문제 있는 것 아니냐는 무례한 간섭들까지 감내해야 한다. 이런 말들 속에 파묻혀 있노라면 정말로 아아, 어쩌란 말이냐 하며 트위스트라도 추고 싶은 심정이다.


## 비출산을 선택하는 여성들

이런 분위기에서 여성들이 비출산을 선택하는 것은 지극히 합리적으로 보인다. 현실적인 이유에서건 정치적인 이유에서건 이해할만한 결정이다. 나 역시 출산을 고민하는 지인들에게는 최대한 신중하게 결정하라 얘기하고, 낳기 싫다는 이들의 결정은 전적으로 지지하고 응원한다. 무엇보다도 아이라는 존재와는 무관하게 임신과 출산은 내 몸의 입장에서만 보자면 일어나서는 안 될 일이었기 때문이다. 임신과 출산은 내 몸에 너무 많은 타격을 입혔다. 그야말로 백해무익이었다. 임신과 출산으로 여성에게만 가해지는 각종 페널티가 그뿐만은 아니다. 경력 단절, 맘충, 노키즈존 등을 모두 포함하면 '아이 낳은 여자로 살아가기'를 차마 다른 누군가에게 권할 수도, 이런 선택지가 존재한다고조차 얘기할 수가 없다.

정부도 이런 분위기를 감지했는지 2018년에 만든 한 저출산 대책 캠페인 영상에서는 아예 타깃을 '유자녀 여성'으로 설정하고 있었다. 기혼여성의 출산율이 매우 높다는 통계적 자료를 확인하고 택한 전략이겠지만 "둘째를 낳으라"는 얘기를 듣고 있자니 듣는 기혼유자녀 여성 입장에선 기분이 굉장히 나빴다. 게다가 그 영상은 우리나라의 출생률이 나날이 최저를 경신하는 이유를 다룬 극사실주의 다큐멘터리에 가까웠다. 영상 내내 아빠는 어디로 가고 엄마 혼자 아이를 돌보느라 내내 바쁘고 정신없는 장면들뿐이었으니 말이다. 우리 집 둘째 계획은 길에서 만난 모르는 사람들이 한마디씩 하는 것만으로도 충분히 성가신데 심지어 나라가 공식적인 루트로 내게 그 얘길 하다니.

출산은 개인의 선택이다. 특히나 출산과 그 이후의 삶에서 지속적인 피해가 발생하는 여성의 선택일 수밖에 없다. 인구가 지속적으로 감소해 정부가 우려하는 '인구절벽'이 현실화되면 실제로 많은 문제가 생기고 그것이 분명 우리의 삶에도 영향을 미치겠지만 그것만을 위해 아이를 낳을 사람은 세상에 아무도 없다. 그러니 좀 더 고민했으면 좋겠다. 그리고 좀 더 들어봤으면 좋겠다. 왜 여성들이 아이를 낳지 않겠다고 하는지. 왜 여성들이 결혼을 하지 않겠다고 하는지. 모든 여성들의 말에 그러해야 하듯이.

조금 덧붙이자면, 출산율은 여성이 가임기간에 낳을 것으로 예상되는 평균 출생아의 수를 말하고, 출생률은 전체 인구에서 신생아가 차지하는 비율을 말한다. 그럼에도 이 글의 제목이 '출산율'이 아니라 '출생률'인 것은 앞서 적은 '유아차'와 같은 문제의식에서 출발했기 때문이다. '출산율'에서 '산産', 그리고 출산율이 의미하는 바가 출생률 저하의 책임을 모두 여성에게 지우고 있는 편향된 단어라는 문제. 이 두 단어가 각각 개별적 통계용어이고, 다른 지표로 측정되는 수치들이기 때문에 용어 개선의 문제가 아직 남아 있지만, 우리는 계속해서 외칠 수밖에 없지 않은가?

"출생률! 출생률! 출생률!"

앞서 소개한 나의 (내적) 육아 동지는 사실 더 많다. 미처 다 소개하지 못한 나의 육아 동지들을 여기서 더 풀어볼까 한다.

### 〈거리의 만찬: 아이들이 묻습니다〉

2019년 5월, KBS 교양프로그램 〈거리의 만찬〉의 주제는 '아이들에게 묻습니다'였다. 아이들에게 젠더감수성을 길러주고자 모인 초등학교 선생님들의 모임 '아웃박스'가 출연한 회차다. 초등젠더교육연구회의 이름인 '아웃박스'는 고정관념을 벗고 독창적으로 생각하자는 뜻인 'Think out of the box'에서 따왔다고. 아이들이 성별과 관계없이 자유롭게 사고할 수 있도록 수업 주제를 연구하고 개발한다는 면에서 초등성평등연구회와 통하는 면이 있다.

이미 공식 사이트나 연재 중인 칼럼 등에서 수업 목표나 내용 등이 충분히 공유되긴 했지만 영상을 통해 실제 교실에서 오가는 말들과 아이들의 표정, 반응을 볼 수 있다는 점이 좋았다. 무엇보다도 멍석을 깔아주면, 슬쩍 질문만 던져주면 아이들이 통찰력을 발휘해 '기울어진 운동장'에 대해 정확히 이야기하는 점이 놀라웠다. 여자/남자로 팀을 나누어 '살면서 들어온 편견의 말'을 발표하는 자리에서 남자아이들은 곧 여자아이들을 향한 차별과 혐오의 언어가 더 많다는 것을 알게 되고 이에 대해 '여자 친구들이 기분 나쁠 것 같아요!'라고 이야기 한다. 아이들 스스로 생각하는 힘을 길러나가며 성장해나가는 모습이 얼마나 멋진지. 아이들에게 특정 사고방식을 강요하고 편향된 시선을 가르치는 것이 아니냐는 비난 섞인 의견에 '존중을 가르치는 수업'이라고 대답하신 부분도 참 인상 깊었다. 학교라는 공간에서 그런 선생님을 만날 수 있다는 것은 행운 아닐까.

### 『페미니즘 교실』(돌베개)

동세대를 살아가며 다양한 영역에서 페미니즘을 실천 중인 9명의 여성들이 청소년 독자를 위해 쓴 책이다. 미투 운동과 스쿨미투, 꾸밈노동과 탈코르셋, 교실에서의 페미니즘 교육, 온라인 공간에서의 여성혐오 등 현재 가장 뜨거운 주제들을 간명하게 담아낸 것이 눈에 띈다.

특히 한국 대중문화와 페미니즘에 관한 책『괜찮지 않습니다』의 저자인 최지은 씨가 쓴 대중문화 파트 '기울어진 운동장에서 사라지는 여자들'은 지난 수년 간 미디어를 통해 재생산되어 왔던 여성혐오 사례들을 짚어가며 청소년 독자들에게 묵직하면서도 날카로운 질문을 던진다. 아이돌, 예능 프로그램, 웹툰 등 대중문화에 뿌리 깊게 박혀 있는 여성혐오와 여성 엔터테이너들에게 가해지는 폭력들에 대한 세심한 관찰 기록이기도 한 이 글은 청소년이 대중문화의 소비자로서의 자신을 돌아볼 수 있는 기회를 만들어준다는 점에서 훌륭하다. 청소년과 함께 살아가는 분들이라면 아이들이 처해 있는 현실이 얼마나 엄혹한지 동시에 또 아이들이 얼마나 예리하게 이 시대를 돌파해나가고 있는지 역시 느낄 수 있는 책이다. 주위의 청소년들과 그들의 가족에게 선물하고 싶다.

〈포괄적 성교육Comprehensive Sexuality Education〉

유네스코가 유엔여성기구 및 세계보건기구 등과 협력하여 만든 성교육 관련 지침. '포괄적 성교육'이란 기존의 생식기 중심적이며 성폭력에 치우친 보호주의식 성교육이 아닌 성적 자기결정권에 대한 인식과 존중을 바탕으로 한 교육이다. 건강한 관계를 형성하는 데 필요한 사회, 정서적 기술의 개발 등을 포함하는 개념이다. 가령 '친구, 사랑, 연인 관계'라는 주제에서는 각 연령에 따라 '관계의 종류는 다양하다'는 것을 시작으로 '연인 관계는 불평등한 권력 관계에 의해 부정적인 영향을 미칠 수 있다' 까지 자신의 몸과 감정을 존중하는 법에 대해서도 배우게 된다. 특히 2018년에 개정된 지침에서는 청소년들이 온라인에서 점점 더 잘못된 성 문화와 콘텐츠에 접근하게 되는 흐름을 인식해 디지털 미디어에서 청소년들이 이용할 수 있는 제대로 된 성교육 정보를 확보해야 한다는 내용이 추가되었다.

유네스코의 디지털 라이브러리인 UNESDOC 사이트에서 원문 확인이 가능하며 만 5세 이상 18세 이하의 학습자를 위한 커리큘럼과 핵심 개념, 학습 목표 및 예시 등이 자세히 안내되어 있다. 또한 서울시립청소년성문화센터인 '아하'의 SNS 계정과 공식 사이트 등을 통해 이번에 개정된 지침서 일부 내용의 번역본을 확인할 수 있다.

### 『스웨덴식 성평등 교육』 (다봄)

집, 유치원, 학교에서 시작하는 성평등 교육 지침을 충실히 담아낸 책. 저자 중 한 명인 크리스티나 헨켈은 스웨덴 최초의 평등 전문 컨설턴트로 교사들에게 '평등'을 가르치고 있다. 스웨덴은 세계에서 가장 성평등한 나라로 꼽히곤 하며 남성 육아휴직률이 80%에 달해 (이 표현을 썩 좋아하진 않지만) 수많은 라떼파파를 양산했다는 나라다. 이 책은 스웨덴이 교육이라는 영역에서 어떻게 성평등을 실현해나가고 있는지를 보여준다. 스웨덴 유치원들은 '유치원에서는 전통적인 양성 역할이나 패턴에서 탈피해야 한다'는 계획안에 따라 놀이 교재부터 다양한 교과 활동에 이르기까지 모든 부분에서 성평등이라는 가치를 실천해야 한다. 성평등 교육이라는 목표를 두고 각각의 이해관계자인 교사, 학부모가 어떻게 상호작용을 하며 이 가치를 교실과 가정과 사회에서 구현해낼 수 있는지 굉장히 현실적인 조언이 담겨 있기도 하다. 양육자로서는 아이를 보내고 있는 보육기관에서 성 고정관념, 성평등과 관련된 이슈가 발생해 어떻게 문제제기를 하거나 제안을 하면 좋을지를 고민할 때 가이드라인으로 삼을 만한 책이기도 하다.

평등한 언어, 평등한 관계, 평등한 감정, 평등한 몸과 신체 활동 등 양육과 교육의 주요 면면들을 '평등'이라는 하나의 키워드로 엮어 정리한 것도 눈여겨볼 만하다. 이 책에서의 평등은 '다양성' 이며 평등 추구란 '일상생활이나 사회생활에서 심심찮게 발생하는 남녀 권력의 불균형에 이의를 제기하고 이를 변화시키는 것'이다. 과연 페미니즘 리부트의 교과서라 불릴만한 책 『우리는 모두 페미니스트가 되어야 합니다』를 청소년 필독서로 지정해 전국의 학생들에게 나눠준 나라다운 근사한 정의다.

# 양육은
# 모두의 과업。

어쩌다 보니 아이를 키우며 살아가는 이야기를 길게 쓰게 되었지만 사실 나는 얼마 전까지도 소위 '육아 서적'이라고 불리는 책들을 잘 읽지 않는 사람이었다(지금은 그중에서 나에게 도움이 되는 책들을 골라 보는 눈이 생겼고, 육아 팟캐스트도 즐겨 듣는다). 그와는 별개로 여성 양육자들이 본인의 이야기를 하는 건 언제나 좋아했지만 말이다. 어쩐지 '육아 서적'에는 손이 잘 가지 않고, 보기 시작했다가도 완독은커녕 몇 장 읽지도 못하고 금방 책장을 덮기 일쑤였다. 내심 왜일까 궁금했는데 앞에서도 한 번 언급한 바 있는 주디스 리치 해리스의 『양육가설』을 읽으면서 그 이유를 알게 됐다. 너무 많은 책이 지나칠 정도로 부모의 역할을, 특히 엄마의 역할을 강조하고 있었다.

양육이란 아이와 양육자의 상호작용이자 그 상호작용의 결과물이다. 그런데도 많은 육아 서적은 양육자의 태도나 방식이 아이에게 절대적인 영향력을 미친다고 전제하는 것 같아 공감되지 않았다. 개별 양육자와 아이의 특성, 사정 등은 전혀 고려하지 않은 채, 원리 원칙만을 얘기하며 '하면 된다!' 식의 논리를 개진한다는 인상도 컸다. '아이에게 무한한 사랑을 주며, 단호하되 감정이 섞이지 않은 훈육을 하고 언제나 일관성을 유지하는 것.' 물론 이상적인 양육자의 자세일 수 있다. 하지만 그렇게 해야 아이가 자존감이 높아지고 애착 형성이 잘되며 긍정적인 자아상을 형성한다고 얘기하는 것은 전혀 다른 일이다. 양육자의 돌봄 방식이 어떤 사람을 만들어내는 데 가장 큰 영향력을 발휘한다는 건 실제로 어떤 연구도 통계도 증명할 수 없었던 가설이기도 하다. 그런데도 대부분은 양육자의 돌봄 방식이 아이의 미래를 절대적으로 좌우한다는 것처럼 얘기하고 있다. 그러다 보니 부모들은 끊임없이 '내가 아이를 망칠 수 있다'는 긴장감과 죄책감에 시달릴 수밖에 없다.

나 역시 양육자의 전지전능함을 믿던 시기가 있었다. 주변을 보면 대체로 아이가 혼자 걷고 간단한 의사소통이 되는 첫돌쯤 이런 생각이 그저 착각에 불과했음을 깨닫는 것 같다. 나도 그랬다. 아이의 삶에 부모가 미치는 영향력이 절대적일 수밖에 없는 시기는 분명 있다. 하지만 그건 잠시뿐이고 아이가 커가는 과정에서 다양한 사람들과 사회를 접하며 부모의 영향력은 점점 감소하게 된다. 그러다 보니 아이를 키울수록 크게 다가오는 것은 오히려 양육자 개인과 가정의 한계다. 내 성장 과정을 돌이켜봐도 그렇다. 아이는 커가면서 점점 더 내 그늘을 벗어날 것이다. 그걸 떠올려보면 내가 아이를 대하는 태도를 가다듬고 우리 집 분위기를 건강하고 바람직하게 만들어나가는 것도 물론 중요하지만 미디어나 기성 문화, 사회에 만연한 악습과 차별을 철폐하는 데 힘을 보태는 일 역시 중요하다는 생각이 든다.

특히 지금, 한국 사회라는 시공간적 특수성을 떠올려보면 더욱더 그렇다. '또래 문화'는 점점 더 성인들의 문화를 모방하고 답습하며 그 안에 깃든 혐오 정서까지도 그대로 흡수하고 있다. 또한 미디어의 발달로 사실상 기성세대와 아동, 청소년 세대가 누리는 문화 사이의 엄격한 구분 선도 흐릿해졌다. 이런 상황에서 단순히 내가 내 아이를 '잘' 키우려는 노력이 얼마나 소용이 있을까.

강남의 한 클럽을 중심으로 남성 아이돌 스타들이 연루된 약물 강간 및 불법 촬영 사건 같은 사회적 이슈는 더 이상 어른들만의 일이 아니다. 아이들도 그 이야기를 듣고 보고 서로

이야기한다. 그 일들이 어떻게 마무리되는지, 그들이 사회적
으로 또 법적으로 어떤 대가를 치르게 되는지 아이들도 똑똑
히 지켜보고 있다. 이런 사건들이 연이어 벌어지는 이 사회에
서 여성으로서 느끼는 참담함도 크지만 양육자로서 느끼는 막
막함도 만만치가 않다. 아이들이 그 일에 대해 물으면 과연 뭐
라고 대답할 수 있을 것인가. 아이에게 여자도 경찰관이 될 수
있다고 말하는 것만으로는 충분치 않다. "근데 나는 한 번도
본 적 없는데?"라는 아이의 말에 충분한 대답이 되지 못할 테
니까. 결국 답은 세상을 수정하는 것이다. 바꿔나가는 것이다.

내가 아이를 가졌을 무렵부터 SNS에서 초등학교의 반 번호
가 여전히 남자아이-여자아이 순서인 것에 항의하는 양육자
들의 얘기가 종종 눈에 띄었다. 어쩐지 미래의 프로 민원인으
로서 든든한 기분이었는데, 덕분에 최근 현장에서 변화의 분
위기가 감지된다고들 한다. 단순히 이름순으로 한다든가, 여
자아이들과 남자아이들이 학기에 번호를 바꾼다든가 하는 방
식으로 대체되고 있다는 것이다.

이제 더 이상 그 일을 '프로 불편러들만의 유난'이라고 여기
지 않고, 의견을 적극적으로 청취하고 반영하는 모양새다. 나
는 이런 사소한 일이 정말 큰 일이라고 생각한다. 특히 아이들
에게는 말이다. 그래서 학교라는 사회적 공간을 향해 페미니

즘을, 성평등 교육을 외치는 분들이 늘어가고 있다는 점에 감사하고 또 반갑다. 물론 교육이 능사라고 생각지는 않는다. 하지만 의무 교과과정에서 여성혐오적인 요소를 제거해나가고 차별과 혐오의 언어 대신 평등을 가르치는 것. 이 모든 과정을 사회적 단위에서 논의하고, 합의를 만들어나가는 일 자체가 아이들에게 중요한 본보기가 될 수 있으리라 믿는다.

지금의 교육은 이런 현실을 전혀 반영하지 못한 채 이 부분을 거의 공백으로 비워두고 있다. 그렇다 보니 아이들은 그 부분을 편향성을 기반으로 만들어졌거나 작성자가 불분명한 인터넷 문서 혹은 유튜브 등을 통해 무분별하게 채워가고 있다. 미디어 리터러시media literacy(미디어를 바르게 이해하고 활용할 수 있는 능력) 교육, 성평등 관점에서의 성교육, 성인지 감수성 교육 등은 특별한 것이 아닌 최소한의 시민교육으로 보장되어야 한다. 이 정도도 안 되어 있다는 게 절망스럽기도 하지만 그럴수록 믿을 건 개인의 안간힘이 아니라 제도적 뒷받침이라고 생각한다. 최저하한선을 높이기 위해서는 사회적 시스템이 제 역할을 해야 한다.

결국 양육이란 양육자 개인이나 한 가정의 영역으로 국한될 문제가 아닌 '사회의 과업'이라는 것을 모두가 염두에 두었으면 한다. 양육자분들에게는 어쩌면 양육이 우리가 생각하는 것보다 훨씬 더 넓은 스펙트럼의 일일지도 모른다는 이야기를 하고 싶다. 아이에게 내가 무엇을 해줘야 한다, 무엇을 해주지 못했다 같은 불안과 죄책감에 짓눌리기보다는 아이들에게 좋은 영향력을 끼칠 수 있는 어른이 된다는 것이 무엇인지, 아이들이 자기 자신으로 살아갈 수 있는 사회는 어떤 모습일지, 또 우리는 그를 위해 어떻게 이바지할 수 있을지 큰 틀에서 고민해보길 권하고 싶다.

나 역시 아이를 처음 만났을 때, 완전히 다른 세계에 발을 들여놓은 기분이었다. 내가 여태껏 지켜온 기준이나 태도들과는 전혀 무관한 외딴곳에 떨어진 느낌이었달까. 하지만 아이와 함께 살아가는 시간이 늘어날수록 내가 한 명의 개인으로서, 이 사회의 건강한 구성원으로서 제 역할을 하며 사는 것과 아이를 잘 키우는 것이 결코 다른 일이 아님을 깨달아가는 중이다. 앞으로도 나는 여성으로서, 양육자로서, 페미니스트로서 내가 바라는 사회를 만들고 그 안에서 아이와 함께 살아갈 것이다. 여러분들에게도 건투를 빈다.

KI신서 8328

무례한 세상 속 페미니스트 엄마의 고군분투 육아 일기

# 남자아이가 아니라
# 아이를 키우고 있습니다

1판 1쇄 발행 2019년 9월 2일
1판 2쇄 발행 2020년 3월 30일

지은이 박한아
펴낸이 김영곤  펴낸곳 ㈜북이십일 21세기북스
정보개발본부장 최연순  정보개발3팀장 최유진
디자인 어나더페이퍼
마케팅팀 박화인 한경화
영업본부 이사 안형태  영업본부 본부장 한충희
출판영업팀 김수현 오서영 최명열
제작팀 이영민 권경민

출판등록 2000년 5월 6일 제406-2003-061호
주소 (10881) 경기도 파주시 회동길 201 (문발동)
대표전화 031-955-2100 팩스 031-955-2151 이메일 book21@book21.co.kr

㈜북이십일 경계를 허무는 콘텐츠 리더

21세기북스 채널에서 도서 정보와 다양한 영상자료, 이벤트를 만나세요!
페이스북 facebook.com/jiinpill21  포스트 naver.com/21c_editors
인스타그램 instagram.com/jiinpill21  홈페이지 www.book21.com
유튜브 www.youtube.com/book21pub
서울대 가지 않아도 들을 수 있는 명강의! 〈서가명강〉
유튜브, 네이버, 팟빵, 팟캐스트에서 '서가명강'을 검색해보세요!